AF364119

LA PARCA, ESA HUÉRFANA GUASONA

(CUENTOS conFINADOS)

Manuel Gómez Moreno

LA PARCA, ESA HUÉRFANA GUASONA
(CUENTOS conFINADOS)

EDITORIAL
LETRA MINÚSCULA

Primera edición: junio de 2021
ISBN: 978-84-18835-12-4
Copyright © 2021 Manuel Gómez Moreno
Editado por Editorial Letra Minúscula
www.letraminuscula.com
contacto@letraminuscula.com

Índice

AGRADECIMIENTOS

A MI ESPOSA MARÍA ESTHER,

       por su amor y paciencia.

A MIS HIJOS, A SUS PAREJAS Y A MIS NIETOS,

       por ser motivos de fortaleza y fuente de mis alegrías.

A MIS HERMANOS,

       por ser mi soporte vital.

A LA MTRA. CONCEPCIÓN SALES,

       por sus lecciones de vida.

A MIS COMPAÑEROS Y AMIGOS,

       Por su aliento perenne.

A MIS PADRES:

       IN MEMORIAM

ACCIDENTES DE LA VIDA

(Las apariciones de la niña fantasma en la
fábrica de lácteos)

Héctor Reyes de la Garza había saludado con voz ronca, apenas audible, a causa de la gripa que lo había golpeado a mansalva desde hacía ya tres días. Solo don Vale contestó al "buenas noches" lacónico, pero sin despegar la vista de la computadora desde donde controlaba gran parte del proceso de producción del yogurt.

—¿Le tocó de nuevo trabajar de noche, a usted solito, en toda el área? —preguntó don Vale—. ¡Qué suertudo!... a ver si no se le aparece la niña fantasma —añadió, sin esperar respuesta alguna—. Nosotros ya casi terminamos, solo falta la limpieza de tres máquinas, "mai".

—¡Qué pasó, que pasó, don Vale! —replicó Héctor—, Ingeniero Reyes, por favor, que el título me costó muchos años de esfuerzo y sacrificio, para que usted me venga con un "mai" ¡Ni que fuera albañil!

—Está bueno, ingeniero… "Harry Putter" —contestó don Vale, arrastrando la frase que no alcanzó a escuchar el ingeniero.

El mismo día que Héctor Reyes de la Garza ingresó a la empresa como Ingeniero de Procesos, hacía apenas medio año, fue bautizado por la fuerza laboral como "Harry Putter". Y es que Héctor se parecía mucho al niño mago más famoso de la cinematografía mundial, con sus lentes redondos y su piel de vampiro hambriento, su rostro con ojeras de insomne consumado y su cuerpo endeble, esquelético. Lo de "Putter" fue una componenda de los propios obreros, porque los sentimientos homofóbicos de la raza habían confundido los gestos finos del joven ingeniero con movimientos amanerados y potencialmente gays.

—¿Alguna novedad, don Vale? —preguntó el joven ingeniero—.

—Ninguna, 'Inge Harry'... Bueno, sí, pasó que en la tarde a doña Coco casi se la lleva la parca: sucede que mezcló el desinfectante nuevo con cloro y sarricida, dizque para dejar los pisos más limpios y brillantes, según alcanzó a decir, pero, ande, que se desprendió de repente una nube grandota de humo, que lueguito de respirarlo, le agarró una tos y unos vómitos, hasta se desmayó la pobre... Nomás porque la alcanzó a ver Pedrito Guerra y la sacó a rastras del cuarto donde doña Coco guarda las cosas de la limpieza, allí, a un ladito de su oficina de usted. Ana Laura le dio los primeros auxilios, pero la enfermera, al verla tan mal, le habló a la ambulancia y se la llevaron rapidito al Seguro. Dicen que ya está consciente, pero la tienen en observación porque la cosa se puso re fea.

—¡Ah, qué doña Coco! Pues, ¿qué no leyó la ficha técnica del sanitizante? —cuestionó Héctor, incrédulo—. ¿A quién diablos se le ocurre? Hasta las amas de casa saben que nunca deben mezclar limpiador con desincrustante y todavía añadirle sales cuaternarias de amonio: ¡La muerte! En fin, lo bueno es que no pasó a mayores... Habrá que capacitar mejor al personal de limpieza para evitar estos accidentes.

Esa noche, como cada noche última del mes, el joven ingeniero tenía que trabajar a solas, cuando la producción hubiera ya finalizado, para realizar los reportes de rendimientos del proceso y sacar el balance mensual de pérdidas y ganancias. Héctor se dirigió a su oficina, situada dentro de las áreas de fabricación y, al abrir la puerta, de inmediato sintió el frío del ártico en pleno rostro. A pesar del clima de canícula infernal que requemaba fuera de la planta, el aire acondicionado mantenía las áreas laborables a una temperatura confortable; pero en su oficina, pequeña y encerrada, la sensación térmica para Héctor era de un frío congelante, quizás exagerada por la gripa que llevaba a cuestas.

Levantó el teléfono y llamó al cuarto de control para indicarle a don Vale que apagara el clima artificial, ya que una de las rejillas de salida estaba justo arriba de su escritorio y el aire gélido le pegaría de lleno en su cabeza. Prefirió sentir calor a tener que estar estornudando y limpiándose la nariz de manera constante, y poder trabajar lo más cómodo posible. Encendió su computadora y abrió los archivos de Excel, mientras se dejaba de escuchar el ruido del aire acondicionado. Al poco tiempo, un olor extraño logró traspasar el congestionamiento de su nariz. Husmeó en varias direcciones, intentando hallar el origen de aquel aroma penetrante cuando, de repente, el teléfono sonó. Era don Vale que le llamaba desde el cuarto de control del proceso para decirle que habían terminado sus labores.

— 'Inge Harry', buenas noches —le dijo—, ya nos vamos y ahí la vemos. Que se divierta, y ojalá que no lo vaya a asustar la niña fantasma —añadió don Vale, socarronamente. Héctor se alegró porque ya podría ingresar a la base de datos de todas las envasadoras a través del programa de su computadora y recabar la información necesaria para hacer sus cálculos y estadísticas, sin que nadie lo molestara ya. De inmediato se olvidó del olor a baño de central camionera y comenzó el tecleo impetuoso, firme, raudo.

La gripa continuaba incisiva, y realmente el ingeniero se sentía muy mal, con el cuerpo cortado, los ojos llorosos, el calor insoportable, pero Héctor Reyes de la Garza tenía bien clara su responsabilidad y sus metas, y un resfriado, por muy lacerante que fuera, no le iba a impedir quedar bien con su jefe, seguir ganándose una buena reputación y escalar en poco tiempo a alturas gerenciales.

Cuando salió de la universidad, la enjundia y las ansias de triunfar por sí mismo lo obligaban a querer comerse al mundo, con tenacidad más que con talento, y sin sufrir indigestión en la maniobra. Se propuso ser un joven exitoso, con buenos puestos ejecutivos e ingresos económicos considerables. Así que cualquier sacrificio valdría la pena, como el hecho de haber dejado las comodidades de su hogar, junto a sus padres, quienes lo habían sobreprotegido sin misericordia alguna, por ser unigénito consentido. Abandonó el confort y las ventajas múltiples que ofrecía su ciudad natal para venirse a trabajar a esa empresa de prestigio mayúsculo y que le había dado la oportunidad de desarrollarse profesionalmente, no obstante, su falta de experiencia. Aunque, a decir verdad, sobre todo ahora que estaba enfermo, extrañaba la seguridad de su casa, los mimos de su madre, las manifestaciones de amor exageradas del padre, quien deseaba que ni le diera el sol y cualquier piedra en el camino se la quitaba sin dudarlo.

La nostalgia agarró de la solapa al joven ingeniero, en esos momentos en que se sentía más desamparado que los perros de la calle. Tal vez por esa razón le llegó a la memoria el comentario de don Vale, relacionado con las apariciones de la niña fantasma en esa fábrica de lácteos. Aunque él no creía en lo absoluto en muertos que retornan para espantar a los intranquilos, la niña fantasmagórica se le metió en su mente con la obsesión de los fanáticos.

Según se enteró por bocas incautas y prestas al chismorreo, cuando el lugar no era sino un campo cubierto de árboles y pastos y animales salvajes, la niña y sus padres habitaban en una casucha paupérrima, construida con ramas, láminas y cartones, allí, en medio de la nada. Por las noches, la niña salía de ese jacal solitario en búsqueda de su mamita, quien la dejaba abandonada para irse a trabajar a los tugurios del pueblo, a ganarse el pan de cada día con el sudor de su cuerpo. En una de esas, según cuentan, su madre la encontró tirada en el campo, desfigurado el rostro, desnudo el cuerpo impúber, tajado con heridas profundas, como hechas con dientes filosos.

Algunos piensan que la mató una jauría de coyotes hambrientos. Otros aseguran que fue algún pederasta demente quien le habría cortado la vida con más de treinta puñaladas, luego de haberla mancillado. Otros creen que el propio padre de la niña fue quien la asesinó, porque el hombre tenía los malos hábitos de embriagarse hasta el delirio y de esfumarse por varios días, incluso semanas, para regresar a recuperar fuerzas golpeando por igual a la madre y a la hija, y a quitarle el poco dinero que la señora lograba avenirse acostándose con otros parranderos de la región.

Dicen que, al no encontrar a la mujer, loco de celos o de deseos incestuosos, se desquitó con la fragilidad de la pequeña. No volvió a saberse nada del padre desde el día que la niña amaneció con la cara destrozada y arrancados a mordidas genitales y pezones, Desde entonces, cuentan, la chiquilla se aparece por esos terrenos suplicando el amparo de la madre, incluso aún después de que construyeran la fábrica de lácteos.

El calor endemoniado hacía sudar al Ingeniero Reyes de la Garza y le provocaba ver nebulosas en el monitor, después de varias horas de estar frente a la computadora. Pero hasta ese instante tomó conciencia de la picazón que le estuvo molestando en los brazos, en la cara y en los ojos, y de la tos que le sobrevenía cada vez más insistente. De pronto, creyó escuchar un grito infantil, desgarrador, tenebroso, que lo hizo dar un brinco en la silla. Salió de su oficina con la actitud de los niños asustados, y se dirigió a la sala de envasado, pues, según dedujo, el grito llegó desde ahí. Recorrió la nave con lentitud, a la defensiva, esperando ver a algún vigilante o personal de Servicios que pretendiera jugarle una broma pesada.

Los ruidos de fugas de aire, de los chorros de vapor en las trampas y el crujir de las tuberías por los golpes de ariete, recreaban un ambiente tétrico que a más de alguno haría correr, espantado. De repente, se apagaron algunas lámparas y la sala se llenó de penumbras inquietantes. Al joven ingeniero le pareció que les hubieran puesto filtros rojos a sus lentes de mago: veía las cosas teñidas de púrpura encendido, como si hubieran salpicado con pintura roja las lámparas que seguían prendidas, como si estuviera observando una escena sangrienta, de terror, de espectros salidos del inframundo.

Y luego la vio, así, de pronto, la niña fantasma estaba frente a él, con su cara destrozada, los ojos desorbitados, el vientre agujerado, chorreando sangre por doquier, interminable, viscosa, pestilente. Un escalofrío le recorrió desde la nuca hasta donde termina la columna vertebral, cuando la oyó llamar a su madre, con un grito de ultratumba, gutural, aterrador Como un último acto reflexivo, salió corriendo de la sala, despavorido, para ir a refugiarse en su oficina de mago de los números.

En el trayecto tropezó con un tubo de 6 pulgadas que sobresalía de una de las envasadoras. Se le cayeron los lentes, pero las ansias tremendas de huir de ahí lo orillaron a abandonarlos, porque la niña fantasma seguía frente a él, saliendo de entre las máquinas, llenándole los ánimos de pánico que lo empujaron a levantarse con rapidez inusitada, sin preocuparse en recoger sus lentes de Harry Putter.

Llegó a su oficina con el corazón a punto de estallarle, llorando a grito abierto y con el pánico derramándose por sus ojos enrojecidos, sintiendo a sus espaldas el aliento putrefacto de ese engendro del demonio, de la niña fantasma, espeluznante, maligna. Se sentó frente al monitor manchado de rojo y comenzó a rezar oraciones que nunca había escuchado, a pedir auxilio a santos que no existían, a suplicarle a Dios que le perdonara todos sus pecados. Luego, sintió que el aire le faltaba; sintió dolores intensos en la garganta, en el pecho y en el estómago; sintió mareos, náuseas, y vomitó cuajadas llenas de sangre, antes de caer de bruces sobre el teclado, convulsionándose como poseso en pleno exorcismo.

Al día siguiente encontraron muerto al joven ingeniero, con la boca y la nariz llenas de espuma roja, con hilillos de sangre escurriéndole por las orejas y también por los ojos, esos ojos que ya no verían nada a través de los lentes redondos, sus lentes de "Harry Putter" que aún traía puestos, estrellados y salpicados del líquido púrpura.

Al dar fe de la muerte de Héctor Reyes de la Garza, el doctor Juan de Dios, médico de la planta, había señalado que la causa probable de su deceso habría sido por exposición prolongada a químicos tóxicos, según las evidencias sintomáticas encontradas en el cuerpo del joven ingeniero, y por el olor picante que aún se respiraba en la oficina, lo cual se pudo comprobar cuando Pedrito Guerra, encargado del mantenimiento de las instalaciones, se percató que, aunque en mucho menor proporción que en la víspera, continuaban desprendiéndose vapores del recipiente donde Doña Coco había hecho la mezcla fatídica del sanitizante con cloro y desincrustante sarricida, y que iban a dar a la oficina del hoy occiso a través de los ductos del aire acondicionado.

—El desdichado debió haber sufrido una agonía horrible —comentó el doctor Juan de Dios—, con dolores intensísimos y hasta alucinaciones y delirios de persecución. porque esos químicos producen lesiones mortales en el organismo, pero hay que esperar a que se le practique la autopsia de ley.

—¡Pobre cuate! Que Dios lo tenga en su gloria —pidió don Vale, con desconsuelo genuino—. Ni toda su magia, ni sus estudios, nada pudo salvarlo de este accidente fatal —señaló—. Quería tragarse al mundo entero de una sola mordida y parece que en la panza le explotó... "La parca no tiene madre".

LA ENFERMERA

(Morir de contrabando)

Cuando lo reconoció, los músculos se le hicieron de mármol y el alma se le escapó por la boca. A pesar de su preparación y toda su experiencia, no pudo reaccionar; mientras los paramédicos trasladaban al herido en la camilla de las desgracias directamente al quirófano, ella se quedó estática, sin habla, sin aliento. Se le vino a la mente un temporal de pensamientos dolorosos, de recuerdos que la herían como espinas de coronas infames clavándosele sin piedad, sin escrúpulos. Otra vez revivió la humillación que sintió al oír el rasgado de su blusa y el dolor quemante cuando le arrancó sus pantaletas; le volvió el asco que sintió cuando le llegó de golpe aquel hedor de alcohólico vomitado; sintió la violación lacerándole las entrañas, otra vez, como aquella noche maldita cuando el Alicante la tomó a la fuerza, mientras sus compinches golpeaban a su novio con la crueldad de los sanguinarios, y lo escuchaba implorar que no le hicieran daño, que lo mataran a él, pero que a ella la dejaran en paz, por el amor de todos los santos, y la voz se le doblada de impotencia al no poder defender su honra.

Karina fue quien la sacó de su pesadilla en vela: "¡Ándale, Monse, no te quedes ahí, tenemos que ayudarle al Dr. Margules!" "Sí, sí —le contestó, con la inseguridad asomándose por su boca—. Se colocaron una bata y cubrezapatos y se sanitizaron para entrar al quirófano, donde el Dr. Margules ya estaba poniendo en práctica su sabiduría para salvar la vida de aquel joven que Monserrat Ixchel tanto despreciaba.

El cirujano pedía los instrumentos para operar al muchacho, pero ella seguía sorda y ciega, viendo solamente el pasado tortuoso, los momentos terribles que vivió a manos de aquellas bestias y que le arrancaron de tajo la esperanza de una vida llevadera. Monserrat parecía la Virgen Dolorosa, llorando en silencio, sin parpadear siquiera. Así que Karina le indicó salir del quirófano y mandar en su lugar a otra compañera del área de Tocología e intercambiar actividades.

La mañana funesta que lo vio por vez primera, Monserrat Ixchel se despertó con la alegría brillando en aquellos ojos castaños, ojazos que tenían el poder de cautivar a quienes se atrevían a mirarlos con fijeza. Había pasado una noche increíble con su novio Brandon Eleazar y, aunque habían dormido pocas horas, fueron suficientes para un descanso placentero, vigorizante, profundo. Brandon se había levantado al despuntar el alba y regresó a la ciudad vecina donde ambos habían entrado al mundo.

Ella rentaba uno de los seis departamentos pequeños de una finca cercana al Centro de Salud de Concepción de Sales, pueblito a donde la habían transferido para trabajar de tiempo completo, de lunes a viernes, con la promesa de obtener pronto una plaza. Concepción de Sales era uno de los pueblos mágicos de la región y aparentaba ser la sede de la paz y la tranquilidad.

Sin embargo, esa mañana enfrentó a la enfermera al comienzo de un suplicio dantesco cuando salió de su departamento para encontrarse de cara a la infamia. el Alicante la esperaba en el vestíbulo y se paró delante de ella, obstruyéndole el paso. De corrido, como si la conociera de tiempos remotos, el muchacho le dio santo y seña de su vida y hasta de sus sueños. Le dijo que sabía su nombre de pila, su edad, de dónde era y a qué se dedicaba. Le dio incluso el número de las placas del Jetta en donde Brandon Eleazar la transportaba de la ciudad al pueblo y viceversa. Le dijo que él y su banda controlaban las entradas y salidas de la gente al lugar aquel, que distó de ser mágico para ella desde esa mañana tan aciaga. Le presumió ser el jefe del Cartel de los Gallos y que él mandaba en el pueblo y sus alrededores. Le dijo que quería salir con ella y hacerla su pareja:

"La mera catedral —le aseguró— así que ya la vas cortando con el vato que te trae desde Santa María de los Altos todos los domingos, entre las ocho y las nueve de la noche, y que viene por ti los viernes, nomás saliendo de tu chamba, para llevarte de retacho a la ciudad". La enfermera solo atinaba a escuchar al individuo aquel. "¿Qué dices, mi chula, le entras?" —le preguntó, pero como ella no lograba articular palabra alguna, el Alicante añadió, indicando la salida con su mano cargada de anillos enormes: "Te llevo en mi Mustang al Centro de Salud, pa que no se te haga tarde, y te espero afuera, a las cinco, pa echarnos unos vinos a la salud de un noviazgo que recién empieza. Endemientras, ahí le vas pensando, pero te juro por Diosito que te va a cuadrar ser mi vieja".

"De verdad, no te molestes —Monserrat alcanzó, finalmente, a balbucir —, mira, yo puedo irme caminando, como siempre, al cabo está a dos cuadras de aquí." "No estoy acostumbrado a que me hagan el feo —aclaró el Alicante, mientras se acomodaba como sin querer la chamarra negra de cuero fino, y le mostraba la pistola Beretta 389 que llevaba en la cintura. Entonces, ella caminó hacia la calle con paso lento, inseguro, trémulo, hasta donde el Alicante dejó estacionado su Mustang.

Durante el trayecto, que duró segundos eternos, Monserrat no entendía lo que decía el narco; iba aterrada, como si no hubiera despertado esa mañana de febrero con la alegría asomándose en sus ojos, y que aún estuviera dormida, sumergida en un sueño de espectros infernales. Incluso, cuando el Alicante le abrió la puerta del auto, la enfermera seguía aletargada.

Con los instintos de los sonámbulos, entró al Centro de Salud, sin realmente saber dónde estaba. Solo hasta que una compañera le dio los buenos días, volvió a la realidad angustiante que estaba sufriendo. Entonces explotó. Gritó como histérica. Se movió como epiléptica descarriada y lloró a lágrima tendida, dejando salir todo el miedo que le había infundido la propuesta del Alicante. Algunas compañeras se acercaron a brindarle ayuda. Como pudo, Monserrat Ixchel les contó los momentos amargos, difíciles, terríficos que había pasado. "De la que te has salvado —señaló el director, cuando se enteró de lo sucedido—. Dale gracias a Dios que no te secuestró y te hizo desaparecer, como les ha sucedido a tantas mujeres en este país de locos. Al parecer, le gustas demasiado, lo suficiente como para haberte dejado viva". Le dijo que tenía que abandonar el pueblo de una manera segura, para que el narco no se diera cuenta, Así que la sacaron de contrabando en la cajuela de un carro, propiedad del primo de una de las enfermeras, y se la llevaron a Santa María de los Altos, resguardándola de aquel narco sanguinario.

El Jefe de Jurisdicción no dudó en reasignarla en el Hospital Regional, cuando Monse le entregó la carta donde el director del Centro de Salud le informó de los acontecimientos tortuosos que la enfermera padeció en Concepción de Sales. Así que ella no volvió para nada a aquel pueblito mágico donde pasó el susto de su vida, ni siquiera a recoger los muebles que tenía en el departamento.

Ella también le contó a Brandon el día amargo que había pasado, temerosa que su novio le fuera a reprochar el haberse subido al carro de un desconocido, pero Brandon le mostró, una vez más, que la amaba sin reservas y que confiaba en ella. "Además, —le dijo—, no tenías mejor opción. Tal vez si te hubieras negado, el maldito hubiera actuado de otra manera y no solo te hubiera mostrado la pistola en señal de amenaza. Lo bueno es que no te pasó nada. Mejor será que no hablemos ya de eso".

El 14 de febrero Monserrat y Brandon salieron a festejar su amor a un antro fantástico, donde la música urbana hacía vibrar a una juventud ávida de diversión y de olvidos de penas mundanas. Estaban en plena apoteosis cuando, de pronto, apareció un comando de encapuchados disparando al aire con rifles cuernos de chivo. No hubo muertos ni heridos, solo secuestraron a ellos dos. Nadie hizo nada para evitar que se los llevaran en una camioneta Cheyenne, negra, sin placas, escoltada por otros tres automóviles deportivos. Los llevaron para las afueras de la ciudad. Ahí fue donde el Alicante y sus sicarios cometieron la fechoría: el canalla violó a Monserrat, mientras sus secuaces golpeaban sin misericordia a Brandon Eleazar. Los abandonaron en ese sitio despoblado, a ella muerta de vergüenza y de asco y, a él, inconsciente y malherido.

Sorpresivamente, no los mataron, ni los descuartizaron, ni disolvieron sus cuerpos en ácido sulfúrico. Incluso el Alicante no permitió que los otros también abusaran de la enfermera, cuando uno se le abalanzó sobre ella en cuanto vio que su jefe se aburrió de poseerla. "Pos, nomás porque de veras me cuadrabas —alcanzó a escuchar Monserrat la voz del Alicante, antes de caer desmayada—. Les perdono la vida, pero para que sepan que de mí nadie se burla y vive tan contento. Quedamos a mano, pero si abren el pico y cantan como pájaros pulguientos, les juro que los buscaré y entonces sí los destripo y los cocino junto con su familia".

Así que no dijeron absolutamente nada, cuando la policía los interrogó, luego de que un campesino los encontrara tirados camino al monte y se los llevaran en una ambulancia a rehacerles la vida. Trataron de no hablar de lo ocurrido, ni siquiera entre ellos dos, cuando él se recuperó de las heridas y los huesos rotos y ella se comió la rabia y los deseos de matar que le crecieron como púas, a pesar de sus creencias y de su vocación bendita. Se refugiaron en el amor tan genuino que ambos se tenían y que estaba a prueba de cualquier desgracia, de cualquier bajeza, de cualquier crimen.

Pero entonces el Alicante volvió a aparecer en su vida, como ente demoníaco a medianoche, esa mañana que lo llevaron al Hospital con cinco balas en el pecho y un impacto en la cabeza, que lo tenían a punto de acabar con su existencia vana. Y ahí residía la paradoja, la broma que la parca le tendía como gran Guasona que era: Monserrat Ixchel fue a quien designaron, al día siguiente, para velarle la sobrevivencia al Alicante, luego que los médicos lograron salvarle la vida con una intervención quirúrgica que duró más de nueve horas, y después que le indujeron el coma por la inflamación de su cerebro a causa de la bala que le habían metido en la cabeza, lo llevaron a Cuidados Intensivos y lo entubaron a una máquina que le proveía la vida. El Alicante quedó bajo los cuidados de Monserrat, quien debía suministrarle los medicamentos necesarios, vigilar sus signos vitales y hasta limpiarle las heces.

Las autoridades anunciaron que había sido un tiroteo entre grupos delictivos antagónicos; que al Alicante y a otros seis de sus guaruras les habían tendido una emboscada, cuyo saldo trágico había sido de cuatro muertos y otros tres heridos que mantenían bajo custodia en el Centro de Salud de Concepción de Sales. Al único que habían transferido a Santa María fue al jefe del Cartel de los Gallos, por la gravedad del estado en que lo dejaron sus enemigos de negocios delincuenciales. Dos policías resguardaban la puerta de acceso al cuarto, para que no vinieran a ayudarlo a bien morir los mismos que le dispararon la mañana anterior.

Monserrat Ixchel lo tenía ahí, a su entera disposición, desvalido, como ella había estado ante ese gusano inmundo, ante aquella sanguijuela sin escrúpulos que chupaba la vida de la juventud con sus drogas malditas. Un huracán de sentimientos contradictorios atormentaba a la enfermera, quien deseaba con toda el alma despellejarlo con sus uñas hasta hacerlo desangrar; que sufriera lo que ella y su novio habían padecido.

Solo era cuestión de estrangularlo con sus propias manos o con alguna de las mangueras por donde le inyectaban esperanzas de malvivir. Porque le había vuelto la sed de venganza, las ganas inmensas de desquitarse de la salvajada que el Alicante les había propinado a ella y a Brandon Eleazar. Quería masacrarlo, degollarlo, sacarle los ojos, cortarle las manos y castrarlo, pero como estaba dormido, "no se daría cuenta de quién lo había ayudado a morir" —pensó. Y luego afloró en ella la nobleza y la bondad que la habían orillado a estudiar esa profesión, recordó su misión de cuidar a los enfermos, de auxiliarlos en su convalecencia, de entrar en empatía y de buscar su salud a costa de todo y eso contuvo sus instintos más primitivos y oscuros.

Los valores y creencias que le enseñaron sus padres la hacían desistir de esos pensamientos tan horribles. Comenzó a orar, mientras el llanto amargo volvió a surgir desde su misma esencia. Así la encontró Karina, llorando y rezando. Su compañera supuso que era porque el doctor Margules la había regañado debido a comportamiento extraño en el quirófano. Para tratar de animarla, le invitó a tomarse un café. "Vamos, pues —aceptó Monse, mientras se limpiaba las lágrimas con sus manos—, así podré pensar fríamente y poder tomar la mejor decisión". Aunque no entendió a qué se refería con ese comentario, Karina le prometió: "Regresamos pronto porque en unos minutos más terminaremos el turno"

Santa María de los Altos amaneció con la noticia de la muerte del jefe del Cártel de los Gallos: En el periódico local se mencionaba del deceso del Alicante, cuyas circunstancias eran del todo extrañas porque, sin causa aparente, dejó de funcionar la máquina que lo mantenía con vida, de acuerdo con la información proporcionada por el personal del Hospital Regional. El técnico de mantenimiento no encontró ninguna falla en el equipo: "Al parecer —declaró—, solo lo desconectaron de la corriente eléctrica".

Las autoridades civiles intervinieron de inmediato en el caso, siguiendo varias líneas de investigación, entre ellas la de un posible crimen ejecutado por sicarios que habrían entrado al Cuarto de Terapia Intensiva para terminar la tarea que habían dejado inconclusa durante el tiroteo de la mañana anterior. Aunque los policías que vigilaban al herido aseguraban que nadie había ingresado, excepto los doctores y enfermeras que lo atendían.

Evidentemente tomaron la declaración del médico internista y de la enfermera del turno de la noche donde ocurrieron los hechos, pero ninguno pudo dar testimonio concluyente. No se descartaba la idea de que el asesino se hubiera disfrazado con una bata de los mismos empleados del Hospital para entrar al cuarto y cometer su fechoría sin despertar sospechas, Tampoco desechaban la posibilidad de que los propios custodios hayan sido los autores, al ser sobornados por la banda Nueva Generación. Algunos pensaron que la causa más probable habría sido un descuido de la joven de limpieza, quien moviera accidentalmente el cable de la máquina con su trapeador, desenchufándola un poco, lo suficiente para que no hiciera contacto y no fluyera la energía eléctrica requerida para su funcionamiento.

Con el paso del tiempo el Ministerio Público cerró el caso. Ninguna pista resultó positiva, ni se encontraron evidencias que permitieran acusar a nadie. A decir verdad, tampoco se esforzaron mucho por esclarecer la muerte del Alicante, y le dieron carpetazo al asunto. Lo cierto es que, desde ese día en que murió el narco, Monserrat Ixchel Delgadillo pudo dormir apaciblemente, sin que se le volvieran a aparecer en sus sueños los fantasmas diabólicos que la habían estado atormentando noche tras noche.

ANTRO DE MALA MUERTE

(Amigos sin derecho a fantasear)

El ambiente estaba prendidísimo. Los muchachos bailaban enardecidos en la pista, mientras otros brincaban alrededor de las mesas, levantando los brazos al compás de la música electrónica que el DJ mezclaba con maestría. Los rayos láser y los reflectores polícromos parecían hachazos de luz que cortaban la penumbra y dejaban vislumbrar los movimientos sensuales de los jóvenes, y las luces estroboscópicas los envolvía en la realidad de un mundo con mínima fuerza de gravedad, donde todo parecía transcurrir lentamente, aunque la adrenalina corriera a mil por hora, en completa ebullición.

La muchedumbre vivía en plena apoteosis, pero la mirada incisiva de Héctor se enfocaba solamente en la figura de Diana Laura, quien parecía flotar en la pista, divina, en medio del humo y las ráfagas de luz que la acariciaban con lujuria. Agazapado en un rincón, Héctor sufría un torbellino de sentimientos contradictorios, que iban desde el amor desolado hasta el coraje nacido del despecho, cruzando por la ternura y la admiración que ella le despertaba, y los celos ridículos que lo herían cuando Diana Laura mostraba su dulzura y su encanto a cualquiera de los compañeros de oficina. "Pero hay quien confunde la amabilidad con insinuaciones de niña bien… fácil, digámoslo así" —habría dicho ella, en alguna ocasión, ante el comentario mordaz de una envidiosa.

Aunque él nunca la considerarla como una chica frívola y casquivana, la frase vistió al muchacho cual traje a la medida porque se había ilusionado ante el trato cálido y afable que la niña brindaba a todo mundo, pero que él había interpretado, de manera ingenua, como la promesa de un amor sin remilgos, solo para él. Por algo sus compañeros de trabajo lo conocían como el Chambritas, ya que con frecuencia lo sorprendían soñando despierto, absorto, tejiendo historias de amores fantásticos donde él conquistaba a la princesa de las Mil y una Noches y se casaban y eran muy felices por toda una eternidad

Aunque el antro olía a humanidad desenfrenada, el aroma de Diana Laura era lo único que inundaba los pulmones de Héctor Ulises —y su cerebro y su alma—, a pesar del mundo pantanoso que mediaba entre ellos, y le inducía borracheras de placer masoquista que nada ni nadie le había hecho sentir: ni los perfumes penetrantes de las damiselas que desde siempre lo habían despreciado, ni los litros y litros de licor que habían venido en su auxilio, para olvidarlas.

Él se consideraba un romántico inadaptado que había nacido a destiempo, y la música estridente de los antros y sus luces sicodélicas le provocaban dolores punzantes, como de migraña mal atendida. Héctor Ulises se alucinaba escuchando a Mozart y escribiendo poemas al amor extraviado, manjares ignotos para el paladar mundano de sus compañeros. Sin embargo, esa noche la armonía extraordinaria de los clásicos y el ritmo de sus versos quedarían guardados en su cuarto para una mejor ocasión. Porque esa noche era diferente: Diana Laura era quien lo había invitado para festejar el cumpleaños de uno de sus camaradas. "Anda, Chambritas —le había pedido, con esa sonrisa que hacía más bella su carita y lo dejaba embelesado, sin ánimo alguno de contrariarla—, acompáñanos un rato, no seas aguafiestas. Deja a un lado tu amargura, aunque sea nomás por esta noche —añadió la chiquilla hermosa, mientras le susurraba al oído—, y te prometo que te sacaré a bailar". Ella tomó como un sí indiscutible el estremecimiento que recorrió el cuerpo del Chambritas.

—¿Y qué te parece si vamos a festejar solamente tú y yo?... —se atrevió a pedirle Héctor Ulises, en un arranque de valentía.

—Omitamos ese comentario y hagamos de cuenta que no propusiste abandonar al equipo y, aún menos, a Marlon, en su cumpleaños —sugirió ella, fingiendo enojo—. La idea es salir a divertirnos, obvio, pero todos juntos, a quemar calorías con el reguetón y a recuperarlas con las micheladas, ¿ok?... Además, ahí van a estar muchas niñas guapas que podrías invitar al bailongo... ¿cómo la ves?...

—Ni hablar —aceptó Héctor Ulises, con la desgana de ir en grupo, pero con la esperanza de poder abrazarla bailando una bachata romántica.

Al llegar al antro, Diana Laura y los demás se acomodaron en varias mesas que unieron para estar juntos y, al momento, ordenaron cervezas y uno que otro tequila, pero ella no esperó a que le sirvieran su michelada: de pronto, tomó de la mano al cumpleañero y lo llevó a la pista de baile, olvidándose desde ese instante de Héctor y de su promesa de sacarlo a bailar. El Chambritas, entonces, se quedó clavado en la silla; solo atinó a beber y a rumiar para sus adentros la decepción número mil, que se reía de él y de su ingenuidad, como hiena macabra.

Diana Laura lucía hermosa en su vestido ceñido al cuerpo y sus zapatillas de tacón alto, que hacían resaltar la belleza de sus piernas torneadas. Y, aunque Héctor había tomado la opción comodina de no hablarle nunca de sus sentimientos, por temor a recibir una herida más en su corazón parchado, no pudo evitar sentir en el vientre los arañazos de sus fantasmas íntimos: el dolor del abandono y la desesperanza.

Entonces, el Chambritas tejió la burbuja invisible de la tristeza alrededor de su cuerpo, como aura repelente, y se puso a tener consigo mismo, como tantas otras ocasiones, la plática estéril de la autocompasión, creyendo que su sino estaba marcado por la fatalidad. Otra vez aparecieron en su mente los pensamientos sombríos de los suicidas. Nuevamente se acordó de la navaja de afeitar, de las que usan los peluqueros dinosaurios y que, desde hacía tiempo, había comprado en un tianguis a precio de risa, con el fin último de acortar su existencia de desamor sin remedio.

"Es por demás —pensaba, cabizbajo—, los otros disfrutan de la vida en compañía de sus parejas; en cambio yo, más solo que Jesucristo en el desierto: ¡Hasta Marlon se sacó la lotería sin comprar boleto alguno! Simplemente porque cumplió años, ya por eso tiene el privilegio de bailar con Laurita. —decía para sí, con la amargura de los fracasados—. Para qué seguir anhelando el amor, si nadie se fija en mí, tan poca cosa... bien equis, olvidado de las gracias de Dios. Si cada chava que intento ligar me huye como a perro rabioso... para qué continuar con esta vida miserable, vacía... Mejor sería morir y enterrar para siempre mis miedos, mi inseguridad, esta soledad que me agobia —concluyó.

La risa cantarina de Diana Laura atravesó el ruido y la coraza, e hizo el milagro de apartar de sus cavilaciones fúnebres al muchacho atormentado, cuando ella volvió a la mesa a tomarse un respiro. Diana Laura se acercó hasta donde el Chambritas saboreaba las hieles de la desesperanza, pero cuyo ánimo volvió a florecer cuando "su princesa oriental" lo miró con esos ojos que fulguraban alegrías sin reparos.

—Anda, Chambritas, deja que tomo una selfi —le pidió, parodiando el habla del pueblo. Posando coqueta para la fotografía, se acomodó entre él y el celular, dejándolo al fondo de la toma, naturalmente; pero en esa ocasión a él no le molestó en absoluto que ella le diera la espalda: el olor de su cabello, la fragancia exquisita que deprendía todo su cuerpo, más que el flashazo, terminaron por aturdirlo más. Un dolor agudo en el estómago lo hizo doblarse, sabiéndola inalcanzable, a pesar de que en esos instantes místicos la tenía a unos cuantos centímetros de su alma. Después de guardar el celular, la chica se sentó a su lado y, con la misma felicidad de quienes gozan a raudales de la vida, levantó su vaso para brindar con él y Héctor le correspondió, esbozando la sonrisa leve de los que saben que ya les llegó su hora.

Los demás acompañantes habían seguido a Diana Laura para descansar también, y atragantarse con los tequilas, alegres y sudorosos y tan sedientos de bullicio y aprobación. En tanto, las muchachas aprovecharon la pausa para checar su "Face" y enviar mensajes a diestra y siniestra. Era evidente que la Princesa de los Gitanos, como la llamaba Héctor, reinaba en el grupo aquel: brillaba como sol de oriente y se desenvolvía con tal simpatía y donaire innatos, que la mayoría de sus conocidos se sentían atraídos irremediablemente hacia ella, y la apreciaban sin ambages. Así, cuando Diana Laura se incorporó de la silla y de nueva cuenta se dirigió a la pista, los demás la imitaron, abriéndose paso con cierta dificultad entre la muchedumbre. Héctor Ulises la siguió con la mirada de quien ama en silencio.

En algún momento, Diana Laura se desprendió de sus zapatillas y comenzó a bailar descalza, sola, sintiendo la música, olvidándose de Marlon y del mundo, moviéndose con voluptuosidad, sugestiva, girando levemente su cuerpo hermoso, con los ojos cerrados y el espíritu abierto al placer. La gente que estaba su lado dejó de bailar. Le hizo un espacio en la pista del antro aquel, y la rodearon, entre aplausos y gritos de animación. Héctor olvidó su sufrimiento al verla contonearse como bailarina hindú, moviendo con arte sus caderas, entre el humo que se desvanecía como muestra de respeto, cuando sus manos dibujaban en el aire figuras surrealistas. Era un deleite verla bailar así, descalza, tan sensual, entregada por completo a la música urbana.

Entonces, el Chambritas recordó cuando ella apareció en el despacho: con su carita de ángel oriental y su cabello castaño oscuro que hacía resaltar su piel trigueña. Recordó el antojo que le provocaron sus pómulos, sus labios pequeños y sus senos de princesa. Recordó cómo se deslumbró al ver por vez primera las caderas de aquella chiquilla hermosa, creyendo haber contemplado en su cuerpo entero, la manifestación plena de la divina proporción.

Recordó cómo quedó prendido al instante de Diana Laura, la niña más linda que sus ojos habían admirado jamás, y de cuya mirada emanaba la luz de la partícula de Dios, la misma que hacía que sus ojos resplandecieran como si estuviera siempre en "Modo Enamorada". Y luego, el trato cariñoso y tierno de la joven le abrió de nueva cuenta las puertas del ensueño… ¡Y quedó subyugado como un adolescente en su primera vez! Héctor la amó desde entonces, creyendo que esta ocasión le ganaría la partida a ese ser supremo y bromista, que lo había estado tutorando al negarle una compañera de vida.

Mientras tanto, Diana Laura seguía en su estado crepuscular, bailando sola, con pasos eróticos, seductores, sugestivos. De pronto, varios muchachos la sitiaron. Parecían juniors en busca de aventuras extremas, moviéndose con lujuria a su alrededor, como si gozaran de un baile orgiástico. Ella no se había percatado del asedio, hasta que sintió unas manos como tenazas tocando su vientre. Al abrir los ojos, Diana Laura se cruzó con la mirada lasciva de los juniors, cuyas risas aleladas daban indicios de andar en pleno viaje. El grito de espanto que salió de su garganta llegó fuerte y claro hasta el cerebro del Chambritas, quien volvió de su letargo justo al escucharla.

Instintivamente, Héctor corrió hasta la pista y, a empellones, logró separar a dos de los muchachos que fastidiaban a su princesa. De súbito, un golpe en pleno rostro lo hizo caer al piso y, luego, sintió en el cuerpo cientos de patadas que le propinaban los juniors malandrines. Los compañeros de Héctor salieron en su defensa y comenzaron a pelear con los belicosos Sin medir consecuencias, el DJ apagó el sonido y encendió los reflectores, mientras que el personal de seguridad acudía rápidamente a la pista. El caos surgió de la nada.

La confusión y la trifulca llenaron el antro desde esos momentos: Aparecieron, de repente, rostros deformes, ensangrentados. Se oyeron los gritos histéricos de las chicas o el llanto abierto de algunas de ellas; Varios de los jóvenes presentes quedaron impávidos, sin poder reaccionar, mientras las sillas volaban por los aires y algunos cuerpos rodaban por los suelos, pisoteados por los muchos más que trataban de huir de aquella pelea brutal, y de la desgracia.

De pronto, el sonido de un disparo con olor a muerte dejó paralizado a todo mundo. El tumulto cesó de súbito. Por segundos interminables, nadie atinó a salir del desconcierto, hasta que Héctor logró levantarse y ver que uno de los juniors permanecía quieto, pistola en mano y apuntando a nadie, con la mirada extraviada en la plataforma donde el DJ se escondía, agazapado y tembloroso, tras su consola de hacer sonidos estrafalarios.

El joven, intoxicado de drogas y de prepotencia, en sus alucinaciones creyó escuchar al diablo (o a la parca juguetona disfrazada de chamuco) que le susurraba al oído: ¡Dispara, dispara, mata a quien ose desafiarte, para que sepa todo mundo que tú eres Andresito Alcalá y Perlasca, el más chingón de los mortales!

Y disparó solo una vez, al azar, antes de ser derribado y sometido por elementos de seguridad del antro. Y con eso, con un solo disparo, la desgracia:

Un "no" largo, doloroso, desgarrador, brotó de la esencia misma de Héctor Ulises, cuando descubrió el cuerpo de su princesa oriental yaciendo en el piso, inerte. Con paso inseguro fue acercándose a Diana Laura. El llanto escapó a borbotones, al ver que escurría un hilo de sangre por el rostro de la chiquilla hermosa: la bala había penetrado con precisión extraordinaria en el centro mismo de su frente, matándola en forma instantánea. Quedaron abiertos sus ojos, mirando el vacío, sin la luz que otrora emanara de ellos, como chispas divinas pletóricas de amor.

Héctor se abalanzó sobre el cuerpo de la niña y, con desesperación inusitada, la abrazó por primera y última vez, apretando el rostro amado contra su pecho. El destello de una navaja de afeitar brilló nuevamente en la memoria de Héctor Ulises, el Chambritas, tejedor de historias de amores platónicos, fantásticos, desolados...

EN LINEA

(Despedidas en los tiempos del Facebook)

Christian Manuel se impacientó ante el constante bombardeo de llamadas que le hacía Fernanda. Apagó su celular, molesto. Sin embargo, al momento de encender su laptop para hacer la tarea, nada más al abrir el Google Académico le aparecieron notificaciones y mensajes al por mayor, en su perfil del Facebook. Con la desesperación de los náufragos sedientos, se mecía las púas de su cabeza, mientras gritaba desaforadamente: ¡Ay, Fernanda, güey! ¿Por qué chingados no me dejas en paz? Ante la insistencia de ella, Christian no pudo ya concentrarse en su tarea, así que decidió ponerle remedio categórico a la situación, abrió su Facebook y empezó a chatear:

<< ¿Qué onda, Fernanda? ↵

<<Tratando de explicarme en qué te fallé, pero como no entiendo nada, quise que tú me aclararas las cosas, solo que hace días que te me escondes ↵

<<Pues nada, que ya no puedo andar contigo ↵

<< ¿Por qué? ¿Porque ya te entregué lo mejor de mí? ↵

<<Tienes muchas cosas mejores que tu "primera vez" ↵

<<Ya no sé qué tengo, ya no sé que soy, ya no soy nada… Christian, no seas así, no me dejes, x favor, yo TQM ↵

<<De veras, lo siento ↵

<<Mira que yo te amo ↵

<<Perdona, yo no te quiero. Busca a alguien que sí te valore y te … "Ingue su"! —gritó el muchacho y soltó mil reniegos— ¡Güey! ¡Ya valió madres! ¡Otra vez falló la comunicación!... Ahora no voy a poder terminar la tarea.

La mañana siguiente Christian Manuel se levantó temprano, se tomó un licuado y salió en su bicicleta rumbo a la secundaria, al matadero. "Otra vez me va a reprobar la profesora", pensaba, mientras se encaminaba al salón del 3.º B. De pronto, se percató que los compañeros que se iba encontrando en el trayecto, lo miraban con insistencia ofensiva. Algunos cuchicheaban entre sí. Christian Manuel se miró la ropa, se limpió la cara, se acomodó el cabello, pensando que a lo mejor habían visto alguna cosa en él que lo estuviera poniendo en ridículo. Pero cuando llegó al salón de clases, Omar Uriel, su mejor amigo, con una angustia palpable, de inmediato lo abordó:

—¡Güey! ¡Valió madres!... ¿Ya has visto tu "Face"?

—"Nop"... ayer me falló el Internet y ya no pude ni siquiera terminar la tarea que nos dejó la maestra Tres Pelos —le contestó Christian, tranquilo, aunque con cierta curiosidad.

—¡Híjole, pues agárrate, porque esto sí está bien grueso!... Anoche Fernanda se suicidó —le soltó de golpe y porrazo—. Subió a su "Face" un video, lo grabó con su celular cuando se cortaba las venas y lo transmitió en vivo, y lo compartió con todos sus contactos... ¡Ya hasta se hizo viral! —Christian se quedó lívido—. Mientras se estaba desangrando, dijo muchas cosas: que sin ti no quería seguir viviendo, que...

El muchacho no quiso escuchar nada más y se fue corriendo al baño, donde se encerró colocando el pasador en la puerta. La noticia lo había impactado enormemente. Caminaba como esquizofrénico, de un lado a otro, llorando a borbotones lágrimas de cocodrilo. El remordimiento se apoderó de su alma adolescente y frágil, altamente impresionable, proclive a desmoronarse ante las críticas y los descalabros: él se había burlado de Fernanda y, por su culpa, ella se había quitado la vida.

Pensó que lo destrozarían en las redes sociales. Sus contactos lo bloquearían. Sus amigos lo despreciarían y se alejarían definitivamente de él. Todo mundo le restregaría en la cara el suicidio. Imaginaba en lo que harían los papás de la muchacha. Seguro lo meterán a la cárcel y eso haría sufrir a sus propios padres. No, no podría soportar la pena que sentirán sus viejitos al saber que su hijo causó la muerte de una niña. Tampoco podría aguantar estar encerrado, quizá, para siempre.

De pronto, sin más conjeturas, sin cavilaciones, se sacó el cinto de su pantalón y las agujetas de sus tenis. Ajustó el cinturón alrededor de su cuello y el extremo del cinto lo ató fuertemente, con ayuda de las agujetas, a la tubería de agua que cruzaba los techos y que había alcanzado subiéndose al inodoro; entonces, con las emociones bíblicas del Judas, se entregó al vacío. Nada más comenzó a patalear al aire, cuando sintió que la vida se le escapaba.

ANHELOS

(Como escribir un cuento sin fin)

Para aquel que tiene sueños y lucha con el tesón del agua sobre la roca —afirman los gurús míticos de la superación personal—, el universo entero se confabula para hacerlos realidad y, llegado el momento justo, le entrega las herramientas necesarias para lograrlo. Pero yo le había sido infiel a mi destino y había dejado de lado mis sueños más hondos. Sin embargo, los caminos de la parca son inescrutables.

La víspera del día que marcó mi existencia —y la de quienes están enlazados a mi vida y también la de otros tantos, que ni siquiera había visto jamás—, me había quedado horas extras en el trabajo para hacer el reporte mensual de productividad. Llegué tarde a casa, de madrugada ya, cuando la noche era cómplice de los sueños y se metían a hurtadillas en las cabezas de mis cuatro niños, de la recién nacida y de mi esposa. Así que, luego de un buen baño caliente, me preparé una cena frugal y después, con el sigilo de los gatos, me acerqué a la cuna de mi bebita, solo para comprobar que sí respiraba, y para darle en un beso mi alma entera.

Entonces me hundí entre las sábanas olorosas a Suavitel, a un lado de mi esposa adorada, a quien intenté no despertar. Me dispuse a gozar de un sueño profundo que me permitiera cargar baterías, ya que tendría que despertar muy temprano para ser de los primeros en la fila del Registro Civil, adonde acudiría para hacer oficial el nacimiento de mi niñita hermosa e imponerle su nombre perpetuo. Sin embargo, al cabo de cientos de borregos contados, respiraciones yoguis y ejercicios de relajación profunda, no lograba conciliar el sueño. "La loca de la casa", mi mente, era un criadero de huracanes y pensamientos tempestuosos que espantaron mis ganas de dormir: que si el reporte no tendría errores, que las cosas que dejé pendientes, que el pendiente de no quedarme dormido, a pesar de la alarma en el celular. Así, sin querer, se me fue el sueño.

De repente, me encontré sollozando, preguntándome con nostalgia adonde se habían ido mis sueños infantiles, mis anhelos de adolescente enamorado, de joven iluso y ansioso de fascinar al mundo con la palabra escrita: cuando niño, mis sueños eran nebulosos, volátiles; pero uno que recuerdo con más claridad era que yo quería ser compositor. Así que le cambié la letra a una canción de moda y me dispuse a conquistar a la vecinita de escasos ocho años, con Un segundo beso.

Algunos se rieron hasta el cansancio cuando me escucharon cantarla, se carcajearon tanto que, irónicamente, vaticinaron que podría llegar a ser un Oscar Chávez, un Alberto Cortez o un Juan Manuel Serrat. Años después, mi cuerpo se llenó de hormonas y mi corazón se inundó de fantasías e intenté expresarlas con poemas eróticos a la novia ingenua. Por último, quise hacer de la prosa mi amiga confidente y escribir cuentos que tocaran las fibras del alma. Varios relatos salieron de mi computadora, pero ninguno con la maestría para llegar a ser "El gran cuento". Las circunstancias de la vida común me orillaron a dejar de lado, entonces, mis anhelos de ser un escritor que hiciera soñar al mundo.

Abruptamente, me despertó un sonido fuerte que anunciaba la visita del camión gasero en la colonia. Los rayos del sol entrando por la ventana me avisaron que ya era tarde. "¡No era posible que me haya quedado dormido!" —exclamé para mis adentros, sintiendo que apenas había cerrado os ojos. Un dolor agudo comenzó a tintinear en mi cabeza al incorporarme de la cama y ver que mi celular se había descargado.

De repente, aparecieron recuerdos aciagos, demonios que creí haber exorcizado hacía tiempo, con la medicina que el doctor González Tobón me había recetado, cuando dolores semejantes al que padecía en esos momentos me habían atormentado desde niño y que me provocaban reacciones desconcertantes, irracionales, como la de estrellar mi cabeza contra la pared para que, junto con la sangre, saliera de ella el sufrimiento; o como la de golpear a la gente que tenía la desgracia de estar cerca de mí cuando me atacaban aquellas migrañas infernales y yo me desquitaba con quien estuviera a mi alrededor, mordiendo o arañando, como lo hizo conmigo el gato que estrangulé en uno de esos episodios de locura pasajera. Traté de ignorar el dolor y aquellos recuerdos endemoniados y, raudo como la luz, me levanté directo al baño y abrí la regadera para despabilarme con el agua tibia que salió a borbotones.

Desperté a los cuatro niños, les preparé un desayuno ligero y los mandé con la vecina, quien generosamente nos había estado ayudando llevándolos a la escuela, Ya pasaban de las nueve de la mañana, cuando llamé a mi suegra para que me acompañara al Registro Civil y me ayudara con la niña, como habíamos acordado con anterioridad, mientras que mi esposa se quedaría en cama, guardando la cuarentena de rigor.

El día que supimos que sería niña, la felicidad se apoderó de todos en casa, porque al fin se nos iba a realizar el anhelo de tener una hija y la única hermanita para mis cuatro niños. Así que duramos buen rato eligiendo el nombre que llevaría la pequeña. Con la alegría desaforada, todos opinábamos, pero no lográbamos llegar a un acuerdo; mi esposa quería llamarla como ella, Esther, y yo deseaba nombrarla Aura, como el personaje de la novela que de joven me había impactado tanto, pero los niños escogieron el de Kimberly, como la heroína de los Powers Ranger, y lo coreaban con tal entusiasmo e ímpetu desenfrenados, que hasta nuestra perrita Coco ladraba contenta en señal de aprobación; ella también tenía voz y voto, como otro miembro más de la familia. Finalmente, mi esposa nos convenció a todos de inmediato al proponer, con sabiduría salomónica o simple sentido común, que se llamara Aura Esther Kimberly.

Mi suegra y yo tomamos un taxi, rogando a Dios que Carlos Usiel, mi compañero de trabajo, y su esposa Denisse no se hubieran desesperado ante nuestra tardanza, porque los había invitado como testigos y, desde luego, sin ellos no podría realizar el trámite. Cuando por fin llegamos a las oficinas del Registro Civil, mi ánimo terminó por llegar al suelo: la fila para hacer los trámites de nacimientos era más grande que las que se hacían en el Azteca para ver el clásico. Por fortuna, Carlos Usiel se había formado para apartarme un lugar en la fila y Denisse, un asiento para mi suegra, quien arrullaba a mi pequeña entre sus brazos cálidos y con la ternura de las abuelas experimentadas.

Ya en fila india, el tiempo transcurría más lento que en el espacio. Mi cabeza parecía explotar del dolor y, por si fuera poco, un vacío en el estómago me recordó que no había probado alimentos. Así que intenté distraer la mente, observando con disimulo el rostro de los demás, leyendo los letreros en la oficina, mirando el techo, buscando caritas en las manchas y dibujos del vitropiso.

Mientras avanzaba la hilera, tan lento como en la luna, recordaba los pensamientos que me habían atormentado durante la noche. ¿De verdad se había esfumado el deseo de ser escritor? Entonces llegó desde algún sitio recóndito de la memoria lo difícil que había sido abandonar mis sueños de juventud truncada y entrar a trabajar como auxiliar de producción en la única fábrica del pueblo, apenas terminada la prepa, por la simple razón de que ya era padre a los dieciocho años.

Con las obligaciones recién adquiridas sin mucho esfuerzo y con pocas neuronas, solo me quedó tiempo para dormir sin soñar. Confieso mi pecado: me aburguesé. Aunque, muy en el fondo, siempre seguí anhelando ser escritor. Algún día tendré tiempo para soñar despierto, me decía, y escribir y escribir hasta dominar el arte de los buenos cuentistas.

—Señor, señor... me muestra sus documentos —me pidió la oficial del Registro tras su escritorio, al que, sin darme cuenta, por fin había llegado.

Carlos Usiel y Denisse se acercaron a mi lado, mientras la mujer revisaba los documentos que le había entregado. Mi suegra continuó afuera de la oficina, dándole leche a mi pequeña con un biberón ergonómico. La oficial me devolvió los documentos con el enfado de los burócratas hastiados porque, decía, el acta de matrimonio era una copia fotostática y se requería una original. Aunque le supliqué que nos la aceptara, ella se negó terminantemente y me indicó que la única opción posible era que me formara en la fila contigua para que su compañera me extendiera el acta original, "una vez cubierto el costo en las oficinas de adjunto, en Tesorería, y cuando la tengan, vienen conmigo directamente, ya no es necesario que vuelvan a formarse". Nos dijo.

El dolor de cabeza me agobiaba cada vez más, como lo hicieron las migrañas incapacitantes que había padecido en mi niñez y que el doctor González Tobón había exorcizado con sus medicinas milagrosas; entonces caí en cuenta de que, por las prisas, no las había tomado esa mañana. Ya me estaba ganando la resignación, y quise pedirle a Carlos y a su señora que mejor volviéramos otro día, pero al salir de la oficina y ver a mi niñita tomando su biberón, me contuve y fui a acomodarme atrás de la última persona que estaba en la fila de al lado. Cualquier sacrificio era una pena minúscula si con ello beneficiaría a cualquiera de mis hijos. Regresamos luego de hora y media que nos pareció una eternidad.

Todo parecía transcurrir ya sin problemas, excepto la migraña en mi cabeza, hasta que la oficial del Registro me preguntó cómo nombraríamos a la niña. Aura Esther Kimberly, le dije, y, de súbito, risas estruendosas nos sorprendieron a todos los que estábamos en la oficina; la mujer tras el escritorio se reía a carcajada tendida. "Esta niña va a tener nombre de cuaderno", decía, entre risas hirientes que me arañaban como púas afiladas el corazón, "Kimberly-Clark", y se reía como hiena delirante. "Así es —asentí, con furia contenida—, como a Benito Juárez... solo que a él le pusieron nombre de una calle —le aclaré.

—No podré registrar a esta niña con tres nombres —me dijo la mujer ya en su papel de oficial, toda seria, tal vez porque entendió la indirecta. Pretextaba el poco espacio en no sé dónde para los tres nombres, mientras se alisaba la falda, molesta. Le supliqué que asentara el nombre tal y como se lo estaba pidiendo, que era absurdo el argumento que ella interponía, que se dejara de burocracias estúpidas y me atendiera con el derecho que me confería ser un ciudadano honesto, sin vicios, y el padre de la niña. Pero ella insistía en que no podía, que si quería intentarle con otros nombres menos "comerciales", a lo mejor el programa le permitiría capturarlos. Pero yo no estaba dispuesto a complacerla y la mujer tampoco cedía, se negaba de manera rotunda a todas mis súplicas, con la voz prepotente, con la cabeza hueca, con los manotazos de niña caprichosa.

De pronto, sentí que me faltaba el aire en los pulmones; sentí que la sangre se me acumulaba en la cabeza y me hervía en todo el cuerpo, con un ardor insoportable; sentí que el mundo se desvanecía y mis ojos se desorbitaban y solo miraban los ojos abiertos de la mujer odiosa, tremendamente abiertos, como de niña espantada.

Dicen que la estrangulé. La gente a mi alrededor no pudo detenerme, no pudo reaccionar a tiempo, ante lo sorpresivo del ataque. Dos policías llegaron luego de consumado el hecho y me esposaron. Extraviado, como en otro mundo, no puse resistencia alguna.

Me condenaron a prisión vitalicia.

Ser perenne. Traspasar las fronteras del espacio-tiempo creadas por el Dios de los Azares. Dejar huella: el anhelo más hondo en el alma del Hombre, escrito en las entrañas desde su origen mismo. Sin embargo, el destino de la humanidad es inexorable: nacer, crecer, reproducirse y morir. Pero el instinto de supervivencia lo orilla a uno a desear la inmortalidad.

Pocos, realmente unos cuantos lo logran: científicos, artistas, santos, un puñado apenas, unos granitos de arena en la inmensidad del desierto. Los demás solo son recordados por su descendencia en dos o tres generaciones, a lo sumo. Y yo no quiero migajas. No solo pretendo borrar la mancha negra que les heredo a mis hijos con este asesinato absurdo. Yo quiero vivir en la memoria del mundo durante siglos, durante eras milenarias, a través de la escritura. Ahora el tiempo me sobra para alcanzar mis sueños. Lo que me resta de vida me queda para hacerlos realidad.

Son un misterio los designios de la parca.

La culpa de los comPADRES...

Los hijos la pagarán

La luz difusa de un foco solitario hería levemente la noche de vientos mortíferos. Alumbraba apenas el corral trasero de una de las tantas casuchas menesterosas del rumbo, a unos 15 kilómetros al noreste de Lagos de Moreno —el pueblo de las consejas deliciosas—, en la Comunidad Ejidal de Las Cruces. Allí, en ese lugar tan lúgubre y cargado de una atmósfera tan espesa por los muchos pecados capitales cometidos, sentado en un montón de tierra fértil, el matrimonio trataba de espantar al destino mediante un descanso en silencio, hasta que la mujer, jadeante aún, terminó por sucumbir a la tentación de revelar sus pensamientos:

—Los hijos crecen así: de golpe y porrazo, sin apenas avisarlo —dijo la mujer, que tenía la mirada perdida en la oscuridad de los alrededores, más allá de las cercas que delimitaban el corral.

—¡Ey! —asintió Juventino Maravillas, con una parsimonia desesperante y, como murmurando para sus adentros, continuó—. De golpe y porrazo. Así mero: sin más, ni más.

—¿Te acuerdas, Juve —preguntó la mujer con una voz que parecía volver a recordar las emociones—, te acuerdas cuando nació Tomás y se te quedó mirando con esos ojos grandes, y con esa mirada que daba espanto, porque parecía que se quería meter hasta el mero fondo del alma?

—¡Ey!... Sí que me acuerdo... parecía que dendentonces estaba encanijado conmigo.

—No, yo creo que no era eso —reflexionaba la mujer, que seguía viendo hacia el horizonte negro, y a cuya voz retornaba el desánimo—, solo que yo creo que ya presentía la de malas.

—Será el sereno —puntualizó Juventino, mirando fijamente el fondo oscuro de uno de los agujeros cavados en el corral solitario—. Yo solo sé que ese niño nació encanijado.

—Será... pero estoy segura que no estaba encanijado contigo: más bien estaría enmuinado conmigo, por haberlo arrancado de allá, del cielo.

—Entonces, con quien estaba enmuinado era con Diosito, por haberlo abandonado a sus buenas.

—No, yo creo que estaba encanijado conmigo... Tú bien sabes cuánto le pedí a la Virgencita de Guadalupe que me mandara un crío, así mero, como él, como mi Tomás.

—¡Ey!... Sí que me acuerdo cuántas mandas debes dendentonces.

—A lo mejor por eso pasó lo que pasó. Por no haberlas cumplido.

—A lo mejor.

—Pero bien sabes que no fue por floja o por malagradecida que no he cumplido mis promesas.

—No, eso sí que no.

—Bien sabes que si por mí fuera, ya habría pagado todas las mandas que le hice a mi Virgencita de San Juan, por haberme concedido la gracia de tener un hijo como mi Tomás.

—¡Ey!... Ya lo habrías hecho.

—Pero acuérdate que nomás cumplí mi cuarentena y luego lueguito salí preñada de la Lupita.

—Pos, sí, sí me acuerdo —afirmaba Juventino Maravillas, encorvado por el peso terrible de la desilusión—. También me acuerdo que tuve que aguantarme todo ese tiempo y que no me metí con ninguna otra vieja, por tenerte ley de la buena.

—Y bien que te lo agradecí. Nomás pude y te cumplí como cuando recién casados... ¿Te acuerdas?... —le preguntó esperanzada la mujer, mientras trataba de sonreír, para ver si volvía a conquistarlo como cuando lo subyugó con su risa cantarina que, cuando Juventino la escuchaba, a él le entraban las ganas de tomar la felicidad a manos llenas. La mujer pretendió hechizarlo nuevamente también con el brillo de sus ojos gitanos, cuyo color azabache presagiaba la desventura, pero que eran capaces de tentar hasta al mismísimo demonio.

—¡Ey!... Me acuerdo —murmuró Juventino, simplemente, sin haberse percatado siquiera de las intenciones de su mujer de enamorarlo otra vez con su sonrisa y su mirada de gitana; aunque eran inútiles sus propósitos, porque con la luz del foco solitario apenas podían distinguirse los contornos y porque —lo que ella ignoraba— Juventino la seguía amando, a pesar del infortunio.

—¿Y también te acuerdas de lo risueña que salió la Lupita, desde que era una escuincla, la muy condenada?

—¡Ey!... Dendentonces ya seguía tus mismas andadas.

Un silencio repentino dejó escuchar, entonces, los sonidos de la noche sin estrellas, donde los grillos entonaban sus cánticos tristes y unas lechuzas aventuraron sus lamentos estridentes. Los gemidos de los vientos de marzo hacían estremecer a los árboles cargados de pájaros dormidos, y un fuerte aroma a flores de cempasúchil inundó el lugar, mientras los perros espantaban con sus ladridos a las ánimas benditas, y los gallos llevaban serenatas tardías al gallinero de la casa grande venida a menos.

Luego de unos minutos tirantes, la costumbre de hablar sin tacto dejó nuevamente escapar los pensamientos de la mujer de mirada perdida:

—¿Será que en el pueblo estarán velando al difunto compadre?

—Si tanto te apura, pos, ya le harás compañía... ¿Que no? —La aparente tranquilidad de Juventino parecía resquebrajarse y, en cualquier momento, dejar el paso a la rabia que lo estaba torturando, y a la gana enorme de destruir, de una vez por todas, la vida entera.

—No, no es que me apure... solo que yo creo que a lo mejor no hacía falta que lo mataras...

—La afrenta se lava con sangre.

—¡Pero si fue sin querer! Lo que me hizo lo hizo sin estar en sus cabales... ya sabes cómo se ponía cuando se emborrachaba...

—¡Será el sereno! —interrumpió Juventino, dejando entrever el odio contenido y que amenazaba con estallar en cualquier momento—. Yo solo sé que lo que te hizo, me lo hizo a mí también; y no solo se conformó con eso, el muy jijo de... tal por cual, con perdón de la difunta doña Arcadia, no solo nos pasó a perjudicar el honor a toda la familia, sino que lo anduvo pregonando en todas las cantinas del pueblo y, pos así, pos ¿cómo mirar a la cara a la gente que me mira con lástima? ¿Cómo volver a hablarle a la comadre Juana, que ni siquiera tuvo vela en el entierro? ¿Cómo dejar que nuestros hijos carguen con esta mancha, con estos pecados? Pos ni hablar: tenía que matarlo...

Por primera vez durante esa noche de infortunios y decisiones extremas, Juventino quiso mirarle a los ojos, pero la oscuridad no se lo permitió. En otras circunstancias, eso hubiera sido cosa de risa: haberla podido mirar. Haberla visto en ese estado, enterregada de pies a cabeza, con su carita hermosa llena de polvo en donde se formaban surcos con el sudor que le resbalaba desde su frente amplia, hubiera sido motivo de alegrías desbordantes, en otras circunstancias.

La hubiera desnudado y bañado a jicarazos; la hubiera limpiado a besos y llenado de ternura, y la hubiera abrazado, y él se hubiera metido en sus entrañas, otra vez, como tantas otras veces en que había sucumbido a sus encantos de gitana, en los atardeceres fantásticos, aunque remotos, cuando volvían cansados y satisfechos de las labores del campo.

En un esfuerzo inútil, el hombre intentó, entonces, atravesar las sombras y adivinarle el pensamiento; quiso traspasarle el corazón y descubrirle sus sentimientos más profundos, meterse más allá de los recuerdos, desvelar los misterios que era esa mujer desconocida, llegarle al fondo de su esencia, lo que hacía que ella fuera realmente ella. Pero tampoco lo logró. Entonces, solo entonces, a esas alturas en que las cosas de este mundo ya no le importaban para nada, luego de una pausa tensa, lanzó las preguntas que le habían estado quemando los sesos:

—¿De veras que no lo sonsacaste tú, que siempre andas de risueña y coscolina?... Los escuincles... ¿De veras que no eran del compadre?...

—No me martirices más, Juve. Te juro por mi madrecita, que en gloria esté —decía la mujer, desesperada, mientras formaba una cruz con los dedos de su mano diestra y la besaba con vehemencia—, te juro por la Virgencita de San Juan, a la que tanta devoción le tienes, que yo nomás le prestaba la atención que se les presta a los compadres, nomás por no hacerle desaires... Si él malentendió las cosas, pos, no es mi culpa... ¿o sí?...

—Y, entonces, ¿por qué no te defendiste? —más que los celos largamente encubiertos en fachadas de honores tergiversados y tradiciones machistas, la decepción y el amor traicionado preguntaban con coraje—... ¿Por qué lo dejaste hacer lo que te hizo? ¿Por qué no le diste un chingadazo, por qué no le hiciste ni un móndrigo rasguño, nada? —cuestionaba Juventino Maravillas, dejando salir lumbre por los ojos y sintiendo que la sangre le golpeaba las sienes.

—Ya no me atormentes más, Juve —suplicaba llorosa la mujer aquella—, ¿que no ves cuánto estoy sufriendo por tanta desgracia?

—Pos, yo también estoy que me lleva la chingada... y, ni modo, hay que aguantarse... ¿no?... En eso quedamos.

—Pos, sí —murmuró la resignación hecho mujer—, en eso mero quedamos.

—Entonces, ya deja de acordarte de esas cosas y sigamos, que luego te toca a ti.

—¿Y tú, Juventino...te animarás a quedarte sin los santos óleos?... ¿Y si nadie te da cristiana sepultura? ¿Y si se queda tu cuerpo a la buena de Dios y se lo comen los animales?

—No te apures... algún acomedido me descolgará del mezquite y quien quita y hasta me entierre en el hoyo que a mí me toca. Pero, ya, déjate de tantas tarugadas y ayúdame a enterrar a los niños.

¡EMOtivos

DE VERDAD!

Un instinto primitivo lo empujaba frenéticamente de un lado a otro, como péndulo macabro, al sentir que se le escapaba el alma. Así lo hallaron: aún con el estertor de los moribundos en su garganta estrujada y los pataleos desesperados de un Judas Iscariote en pleno Viernes de Pasión. Tenía la cara lívida de la muerte y los ojos desorbitados, la lengua de fuera y las manos aferradas a la vida, intentando aflojar el cinturón que le estaba robando la conciencia, pero que, paradójicamente, segundos antes él mismo había apretado a su cuello, porque había tomado la determinación pertinaz de quitarse la existencia con sus propias industrias.

El espanto más agudo jamás imaginado en estas latitudes se dejó venir, enganchado en el grito que se echó su hermana Leonora, cuando lo descubrió al entrar en el cuarto de baño, con el propósito cándido de borrarse las caricias vendidas que uno de tantos le había embarrado en todo el cuerpo, a cambio de unos cuantos instantes de amor liviano. El pandemónium se organizó en cuestión de segundos: de inmediato, el cuartucho aquel se llenó de alborotos despavoridos de gente que no salía del desconcierto y de la angustia más desaforada al ver a Jesús Romano colgado de una viga, cual adorno espeluznante, que movía las piernas como queriendo hollar de nueva cuenta la realidad.

Los tres hermanos más pequeños chillaban a viva voz, sin percatarse de la magnitud de la desgracia, y más bien por los gritos atormentados de la madre, que por el hecho fatídico que habría de enlutar para siempre su hogar. El caos ponía frenos al razonamiento y no fue sino hasta minutos interminables en que, por fin, Jacinto Rocha reaccionó e intentó, primero, detener los espasmos violentos del ahorcado, abrazándolo de las piernas y, después, levantarlo en vilo para desafiar a la gravedad implacable, cómplice en esos momentos de la muerte, y arrebatarle de sus garras asesinas al primo Jesús. Fue malogrado el esfuerzo enorme que hizo Jacinto Rocha por ponerle los pies alocados en estas dimensiones; cuando pudo bajarlo de la viga, con el auxilio de Leonora, Jesús Romano ya había exhalado el alma en el último jadeo que alcanzó a lanzar a los aires enrarecidos del cuarto de baño donde decidió morir por mano propia.

En cuanto lo vio tirado en el suelo, la madre de Chuy Romano se arrojó al cuerpo inerte, empapándole al momento la cara pálida con un llanto de Llorona apesadumbrada, y estrujándole el rostro con ambas manos, intentando amoldarle de otra forma la mueca horrible que le esculpió la muerte.

—¡No te mueras! ¡No te me mueras por culpa mía, hijito de alma! —chillaba con ganas la mamá de Jesús, mientras abrazaba al muchacho y se arrimaba al pecho su rostro lívido, como si quisiera devolverle la vida con sus senos generosos, pero ya sin gota de leche, y sí pletóricos de manchas oscuras de bocas ajenas—. ¡No te me mueras, hijito mío, no sin antes darme tus perdones!

—¡Fue mi culpa, tía Valeriana, usted no tiene vela en este entierro! —confesaba Jacinto echando los gusanos líquidos del remordimiento por los ojos—. Yo lo orillé a tomar esta decisión terrible con mis críticas estúpidas, con mis comentarios mordaces acerca de su vestimenta y su comportamiento de Emo incomprendido. ¡Fue por mi culpa que el Negro se quitara la vida! —berreaba su pecado infame, al mismo tiempo que se tapaba la cara con las manos que él creía de asesino diabólico.

—¡No, no, tú no entiendes, Jacinto! —protestaba inconsolable Valeriana—. ¡Fue mi culpa, la culpa de una madre egoísta!... De una madre cualquiera... —declaró la mujer de costumbres casquivanas, y luego la inconsciencia la salvó de más explicaciones vergonzosas.

Los vientos de marzo sembraron la semilla maliciosa del rumor en todos los rincones del pueblo; la noticia bomba se esparció con rapidez inusitada, conmocionando a los habitantes de la "capital del espíritu provinciano" quienes llevaban la mala nueva de boca en boca, como pandemia virulenta, mejor descrita y más colorida que la nota roja publicada en el periódico local.

Esa noche funesta, La Colonia Cristeros y, más específicamente la calle Don Diego Romero, parecía vivir las fiestas agostinas, tiempos de bullicio en que las calles del centro de Lagos, una a una, se visten de alegría y de luz, de música y adornos de papel de china y focos con colores brillantes, y la gente pasea de arriba abajo, comiendo antojitos mexicanos y subiéndose a los juegos mecánicos, disfrutando de la pirotecnia milenaria con sus figuras multicolores dibujadas en el bendito cielo laguense.

A orillas del pueblo de las consejas deliciosas, la Don Diego Romero era la calle donde se levantaba la casa mediocre del difunto, que se pobló con todo el barrio por la mera curiosidad insana de ver al suicida excomulgado por el cura parroquial. En pocas horas, la casa se convirtió en el circo de un pueblo ávido de emociones extravagantes, donde regularmente no pasaba nada, sino el transcurrir de una vida tranquila y monótona. El velorio se convirtió en una especie de verbena popular, donde todo mundo andaba de aquí para allá, riendo, cuchicheando y, uno que otro despistado, llorando con sinceridad la muerte de Jesús Romano, y otros, más extraviados todavía, rezando padrenuestros por la vida eterna del ahorcado.

La gente pasaba frente al ataúd abierto a mitad del zaguán, donde reposaba el cuerpo del muchacho aquel, en espera de ser absuelto por algún sacerdote más piadoso y menos conservador que el señor cura. La palidez de su cara contrastaba con el cabello oscuro que le tapaba la frente toda y el ojo izquierdo, y los resplandores de los aretes que llevaba en la nariz y en la ceja descubierta hacían pensar en auras divinas, cuando el fulgor de los cirios insistía en darle otro color a su rostro. La madre de Jesús Romano estaba sumida en un mundo aparte, sentada en un rincón, con los brazos cruzados, la mirada perdida, y las ojeras de desvelado consuetudinario, remarcadas a causa del rímel abundante, corrido ya con tantas lágrimas lloradas de puro desconsuelo y contrición.

—La gente dice que se mató por las penas de un amor desolado; —murmuraba acongojado Jacinto a los amigos que estaban sentados cerca del féretro—, que una niña, una tal Macarena Delgado, lo dejó porque no le gustaba la crítica hiriente de los demás por andar noviando con un Emo. Que no, que fue porque era un homosexual reprimido y que algún enamorado lo había contaminado con el virus del SIDA.

—¡No manches, güey! —interrumpió uno de los oyentes con una voz apenas audible, pero firme—. Güey... ¿a poco eso anda diciendo la gente del pobre del Negro? Si él era la pura neta, con nadie se metía...

—Sí, güey... El Negro siempre andaba en sus ondas, en sus rollos, pero a nadie molestaba —agregó otro, enfadado ante los chismes arteros de la gente ociosa.

—Que si fue porque era un muchacho agobiado por los problemas de la escuela —continuó diciendo el primo—, o por ser uno de los tantos "estudihambres" que abundan en el país, o porque su padre los había abandonado siguiendo los aromas prohibidos de una mujer casada. Lo cierto es que yo lo obligué a ir con las niñas del Bar de la Pulga, el que está cerquita de aquí, por la salida a San Juan. "Ya deja de vestirte y actuar como payaso —le decía—, o como maricón enlutado, con tus pantalones ajustaditos y tus aretes brillantes; es más, ya tienes 17 años y todavía no conoces los placeres del mundo. Tienes que perder tu virginidad este mismo día. Ya chole con tu pinche timidez de niño incomprendido". Le recriminaba. Y yo mismo lo llevé a rastras hasta el Bar de la Pulga y lo obligué a entrar.

»¡No manches, Jacinto! Mira, todavía es muy temprano. —recuerdo sus ojos que me pedían suplicantes lo dejara salir del antro aquel—. Apenas están acomodando las mesas, y ni siquiera hay muchachas que me hagan el favor...

»¡Tú nomás aliviánate —le animaba—. Mientras, vamos a echarnos unas micheladas y verás que en un ratito esto se llena de taiboleras supersensuales. Después de algunas cervezas preparadas, el ánimo de Jesús se fue acoplando a las circunstancias; aproveché, entonces, el momento y lo metí a uno de los privados.

»No prendas la luz —me rogó, con el desamparo en los ojos—: así no me arrepiento si la chava no me gusta —argumentó, no muy convencido, y sí un tanto avergonzado, pero la temblorina que le miré en todo el cuerpo me bajaron los ímpetus de hacerle la maldad y dejar todos los focos encendidos, para que viera de todo lo que se estaba perdiendo. Entonces, fui directo con la Pulga para arreglarme con ella sobre tiempos y precios de trabajos especiales: "Es virgen —me acuerdo que le dije— pa que le arrimes una que Io trate con mucho cariño".

»Pierde cuidado... tengo una que ni mandada a hacer, que ya se ha desquintado a más de uno, y tiene un estilo y una dulzura que pa qué te cuento: parece una madre dando arrumacos a su crío.

Yo me dirigí a la barra a tomarme otra cerveza, a matar el tiempo, el que necesitara el Negro para entretenerse de lo lindo en el privado. Después de saborear varias micheladas, el antro se fue llenando de humo y de escándalos de hombres dispuestos a pasar unas horas alejados del mundo. De pronto, pasó el Negro cerca de mí, despavorido, como si se hubiera acostado con la bruja maldita; cruzó todo el tugurio descalzo y sin camisa, y con los pantalones todavía sin abrochar, agarrándoselos con una mano para que de plano no se le cayeran. Por más que le grité que no corriera, nomás no me hizo caso y huyó del bar como si lo persiguieran los demonios. Yo pensé que le había dado el pánico de la primera vez y Io dejé marchar.

Sin la prisa de la gallina aquella, continué tomando mi cerveza y me puse a contemplar el baile erótico de una niña de cuerpo espléndido. De rato, las imágenes de las mujeres de incitantes movimientos rítmicos se me fueron deformando por las ya muchas bebidas alcohólicas que me había despachado; entonces me dispuse a ir a la casa de mi primo, animado con la idea firme de reclamarle sus temores, pero más para reírme nuevamente de sus desfiguros patéticos. Cuando al fin llegué a su casa, el grito horrible de Leonora me sorprendió... aunque nunca esperé mirar lo que vi: el espectáculo más horrendo que jamás haya presenciado me arrebató la burla de la cara y del pensamiento: Jesús se había colgado de una viga del baño... y yo no pude salvarlo...

—La carne es débil —se oyó de pronto la voz ronca de Valeriana, que se había arrimado al cajón de madera corriente donde yacía Jesús Romano—. La ignorancia es mucha y el hambre, mala consejera —decía la mujer.

Con los murmullos de quien cuenta un secreto, mientras acariciaba tiernamente el cabello oscuro del muerto, como si le estuviera velando el sueño.

—Tu padre nos dejó al abandono... sin dineros, sin cariños. En el completo desamparo, sin saber de oficios, ni de escuelas, me vi de pronto sumergida en la más horrenda soledad, y la miseria me agarró desprevenida —continuó Valeriana narrando al hijo tendido con la voz de quien cuenta cuentos a sus niños para arrullarlos, y nadie osaba interrumpirla—. Sin saber qué hacer con esta vida miserable, me metí con hombres que me llenaron de momento las necesidades mundanas, a cambio de satisfacerles la hombría. Me metí con muchos para ver si alguno de ellos se quedaba de planta conmigo y con mis hijos; pero... ¡qué va... Todos buscaban lo mismo: pasar un rato divertido con "la dejada", sin compromisos —El barullo fue desapareciendo y la voz de Valeriana oyéndose cada vez más nítida—. Entonces, busqué un trabajo decente y de puerta en puerta fui tocando, pero nadie me aceptó: que porque ya era grande, que porque no tenía referencias, que por esto, que por lo otro; lo cierto es que nadie se compadecía de mis desgracias, hasta que la Pulga me ofreció trabajar en su negocio: "Todo con discreción —me prometió—, solo trabajos especiales; yo te habló, tú entras por la puerta de servicio y nadie se entera de nada". Y así lo hicimos durante mucho tiempo. Pero esta tarde maldita, la Pulga me habló por teléfono diciéndome que había un primerizo que necesitaba clases de artes amatorias...

—¡No manches, tía Valeriana! —La incredulidad cortó el relato de la mujer alelada—. ¿No me digas que tú...?

—Cuando llegué al bar, vi salir a Leonora de un privado muy contenta. "Te gané, mamita chula —me dijo la muy canija— a este ya me

lo eché. Aunque novato, bien que sabía el condenado lo que hacía". Y salió risueña por la misma ruta por la que había entrado yo. Un mal presentimiento me orilló a abrir la puerta del privado. Estaba todo a oscuras. No sé qué impulso me obligó a encender las luces. Y ahí estaba mi Chuy, apenas vistiéndose, pero se le notaba a leguas la satisfacción en el brillo de sus ojos, que se transformó, de pronto, en extrañeza y luego, en vergüenza, cuando me reconoció.

—¿Pero ¿qué chingaos has hecho? —le grité sin pensar— ¡Te has acostado con tu propia hermana! —Él no salía del asombro. No entendió de momento a qué diantres me refería... hasta que el raciocinio le llegó al cerebro. ¡Hubieran visto la cara que puso cuando comprendió lo sucedido! ¡Entonces conocí la decepción más profunda al mirarla en sus ojos negros! Y luego te vi una mirada de espanto y una mueca de desprecio y de asco. Salió hecho un perseguido por los demonios, y por nada me tumba en su huida.

—¿Pero, por qué estaba Leonora en ese lugar? —preguntó Jacinto, sin acabar de entender la tragedia.

—Una se hace vieja y las carnes flácidas, y la piel se arruga —siguió Valeriana con su monólogo en susurros, y con la mirada de loca buscando telarañas en el techo—. La clientela se fue haciendo menos cuando los años se fueron juntando de a montón. Los hombres las buscan jóvenes y bonitas, así que convencí a Leonora para que me ayudara con los gastos de la casa trabajando en mí mismo oficio de mujer galante. La pobre ni siquiera se dio cuenta que su cliente de esta tarde fue nada menos que su propio hermano. ¡Mírenla, está desecha, la pobre! ¡Lo quería tanto!...

Poco a poco, uno a uno, fueron saliendo de la casa aquella quienes habían ido al velorio para saciar sus vicios de chismoleras y que habían alcanzado a escuchar, pasmados, el relato entero. Solo quedaron los amigos de Jesús Romano, en un silencio que propicia a la oración del alma, dejando a Valeriana arrodillada frente al ataúd del ahorcado, encharcada en el dolor más lacerante y en la tristeza más desaforada, de esos que hacen menguar los deseos de vivir y que no requieren ni de una pizca de llanto, ni de quejidos lastimeros, ni de gritos desgarradores, para manifestarse.

A, B, Z...

(¡Ave, zeta!)

BASADO EN UN HECHO REAL

Mientras el reloj de la parroquia legendaria de Lagos de Moreno anunciaba las 8:30 de una mañana fresca del mes de septiembre, Clarissa Muñoz de Gómez Portugal manejaba con velocidad extrema su Blazer amarillo canario, rumbo al Colegio Teresa de Ávila, escuela de pudientes edificado a las orillas del pueblo de las consejas deliciosas, sobre la carretera a La Unión de San Antonio.

"De palabras, predicar en el desierto; de facto, grabar con fuego y para siempre en la memoria tierna de los infantes". Solía sentenciar con severidad la madre superiora y directora del Colegio para manifestar que los padres de familia deberían educar a sus retoños con el ejemplo; pero, sobre todo, para señalar con dedo flamígero a los indolentes de todo corazón. Y Clarissa Muñoz padecía ya el retraso de los que se toman entre las sábanas los "cinco minutitos más", cuando cruzó el puente de Santa Elena y luego giró a la derecha para enfilarse a la carretera de la Unión, a esas horas pletórica de vehículos que se dirigían, la mayoría, hacia las escuelas o a las fábricas instaladas por esos caminos echados al olvido de Dios.

Muy a su pesar, Clarissa tuvo que contener sus urgencias porque la congestión del tránsito no daba para más y, en ese tramo de apenas dos kilómetros de carretera angosta, el viaje por ese carril tenía que ser a vuelta de rueda y con el ánimo bien dispuesto a la resignación, para poder sobrevivir a unos minutos larguísimos, pletóricos de estrés y desesperación tenaces.

—¡A, B, Z! —deletreaba el de seis añitos a todo pulmón.

—¡A, B, C! ¡Tonto! —replicó el de ocho, desgañitándose para mostrar la superioridad de los primogénitos, y luego siguió con su cantaleta del "cinco por cinco", aumentando al máximo el volumen de su voz de pito de sanjuanero.

—¡Ya, dejen de gritar! —ordenaba Clarissa, mientras subía el volumen del autoestéreo— ¡Y dejen de moverse como animales con parásitos en el estómago y hemorroides en el trasero! —Pero los niños amplificaban los ruidos como si estuvieran en un concierto popular. A pesar de que llevaba en los asientos posteriores a sus dos pequeños diablitos, con el alboroto de tumultos carcelarios que ellos creaban en su pequeño mundo, Clarissa Muñoz de Gómez Portugal se contagió del humor de los amargados de forma tal que no se toleraba ni ella a sí misma, y la premura por llegar al colegio y la lentitud con que avanzaban en ese tráfico de flojos la hacían gritar desesperada que ya se callaran, que se estuvieran en santa paz, que se portaran seriecitos, como disponían los cánones de la gente bien. Y apretaba dos o tres veces más el botón del volumen del autoestéreo, mientras los niños deletreaban el abecedario y las tablas de multiplicar con gritos estridentes de roqueros metálicos.

Con todo, Clarissa Muñoz alcanzó a contemplar un desfile regio de camionetas negras americanas que venían en dirección contraria: un dejo de asombro en los ojos azules y un resabio de admiración en la boca y un resto de envidia en el corazón se confabularon cuando las vio venir de frente, por el otro carril, una a una, las tres camionetas Hummer y una X-Trail y, detrás de las cuatro, un BMW despampanante también en color negro, con lenguas de fuego pintadas en los laterales. No obstante que por ese lado de la carretera el tráfico era casi nulo, venían a la velocidad de las procesiones mortuorias, como si quisieran pasar desapercibidos, pero el lujo del convoy aquel era para pregonarlo a los cuatro vientos.

"Ya se hizo de otro auto el desgraciado narco ese". Pensó Clarissa, cuando su camioneta y el BMW se encontraron, y pudo observar claramente al conductor del auto deportivo, cuyos lentes oscuros, sombrero negro, de gamuza, y un crucifico enorme de oro macizo colgado en el pecho velludo del gorila aquel, lo encasillaban irremediablemente en el estereotipo de traficante de drogas, según el concepto de mucha gente, entre ellas, el de Clarissa misma.

Cuentan las lenguas raudas que Cristino Mondragón se presentó un día con el dueño del rancho más productivo de la región y le hizo una oferta difícil de menospreciar: le compró sus propiedades en menos horas de lo que la noticia se esparció. Se rumoraba desde entonces que Cristino Mondragón, oriundo de Sinaloa, sembraba hierbas malditas en las tierras fértiles que adquirió a las orillas del pueblo de las consejas, como marihuana y amapolas, escondidas entre las milpas del maíz, y que luego procesaba en el laboratorio clandestino montado en el mismo rancho, para extraer las drogas que distribuía después con ganancias exorbitantes en distintas lugares del país y de los Estados Unidos, en contubernio con una banda de narcotraficantes michoacanos que se hacían llamar Los Zetas. Era un secreto a voces que todo el mundo sabía, excepto las autoridades, tal vez callado con dádivas espléndidas.

"¡Claro, como tiene millones de dólares ganados con sus negocios ilícitos, puede hacerse de cuanto vehículo se le antoje!" —pensaba Clarissa, mientras veía de reojo al BMW y sus pasajeros.

En el asiento trasero iba Matías, el hijo mayor del ranchero sinaloense metido al crimen organizado, quien lanzó un beso con la mano a la mujer que los miraba con desprecio. "Pero no disfrutarán mucho tiempo de su enorme fortuna, porque es mal habida, no como la de nosotros, que la hemos ganada con el sudor de nuestra frente" —profetizaba, al par que respondía al beso con una señal obscena hecha con la mano, doblando todos los dedos, excepto el de en medio, y por el espejo retrovisor los veía alejarse.

Clarissa Muñoz de Gómez Portugal dejó a sus pequeños traviesos al amparo de las monjas del colegio, con la certeza de que ellas sí podrían exorcizarlos o, por lo menos, apaciguarlos con las enseñanzas de las materias laicas mezcladas con los rezos obligatorios, amén de los castigos arcaicos que aplicaban para llamar al arrepentimiento. Manejaba de regreso a su hogar con una tranquilidad que se reflejaba hasta en el sonido leve y melancólico de su autoestéreo. Su respiración pausada y profunda denotaba que ya se había sacudido el estrés, gracias también a la plática suculenta, larga y tendida, degustada en compañía de Mariquita Gallardo.

Clarissa regresaba tan sosegada que, incluso, hasta bajó ligeramente su ventanilla para percibir el olor a tierra húmeda, resabios de la llovizna que se dejó sentir la víspera. Retornaba con cierta lentitud en su Blazer amarillo canario, pensando en el libro romántico que la esperaba en su residencia de niña acomodada, cuando recordó que tenía que llenar el tanque de gasolina. Así que se enfiló a la gasolinera de costumbre. En el preciso instante en que Clarissa Muñoz iba ingresando con su Blazer amarillo canario al patio de maniobras, el auto negro con lenguas de fuego a los costados dio vuelta para salir de la gasolinera de La Curva, pero frenó de súbito, no tanto para evitar el estropicio, sino como un reflejo incondicionado.

Ella también tuvo que parar en seco ante la sorpresa: su camioneta quedó a escasos centímetros de la facia delantera del BMW, que ahora estaba al frente de la procesión y las cuatro camionetas le iban siguiendo el rumbo. A pesar de que la adrenalina fluía como loca en el cuerpo esbelto de Clarissa, y su corazón galopaba como animal desbocado, ella quedó impávida. No podía reaccionar. En el carro tampoco se veían rastros de acción alguna. Así quedaron por momentos que parecieron siglos, frente a frente, sin que se viera la intención por ninguna parte de dejar pasar el uno al otro. Ella pudo observar cómo los pasajeros del BMW parecían discutir hasta que, cuando ya el ambiente se había llenado de una atmósfera tensa, el gigantón de Sinaloa bajó finalmente del auto y acercó su parsimonia al lado de Clarissa. Los sicarios de la X-Trail bajaron también, pero a una señal del capo se regresaron como perros maltratados.

—Mira, linda, acabo de perder mil pesos en una apuesta que le hice a "m'ijo" —expresó el hombre con vozarrón de gorila, señalando a Matías, quien se había quedado clavado en el asiento trasero, con la incertidumbre mordiéndole el estómago—. Aposté a que si en menos de un minuto tú me pitabas, exigiendo que me quitara del frente para que pudieras pasar, yo te mataría; pero si en ese tiempo no tocabas el claxon, yo le daría quinientos pesos a mi niño y tendría que darte otros tantos a ti también —continuó el gigante, mientras inclinaba su cuerpo para que Clarissa alcanzara a mirarle con sus ojos azules el rostro cacarizo, y para que se diera cuenta que no bromeaba—. Mira, esta es la pistola con la que iba a destrozar tu cara bonita y a regar la camioneta con tus sesos. Más, como no me pitaste... pos, ahí te van tus "quinina" —y le aventó un billete a través del hueco de la ventanilla entrecerrada de la camioneta.

El hombre subió nuevamente al carro y maniobró de forma tal que, en cuestión de segundos, ya estaba sobre la carretera y desapareció como acto de mago superestrella. A la misma velocidad endiablada con que había arrancado el patrón, las camionetas de lujo fueron en pos de él, en una caravana de locos con tejanas y lentes oscuros, pasando sin frenar los topes que había por esas alturas, serpenteando peligrosamente de un carril a otro, esquivando los carros de uno y otro lado de la carretera, con una temeridad inusitada.

El BMW y las cuatro camionetas americanas llenas de sicarios desalmados, que minutos antes se habían visto transitar a la velocidad triste de los que llevan difuntos al cementerio, regresaban ahora con la celeridad de los locos suicidas, como si estuvieran compitiendo en un rally a campo traviesa, o como delincuentes perseguidos por las fuerzas armadas del Bien.

Entonces, solo entonces, Clarissa pudo desatolondrarse un poco. Hasta que la gavilla de narcos estuvo lo bastante lejos como para poder hacer alguna reclamación, Clarissa Muñoz de Gómez Portugal se vino a enterar de lo cerca que estuvo de la muerte; bajó de su camioneta amarillo canario porque un temblor de miedo la agarró de repente, como si un terremoto le moviera el piso donde se hallaba. Tuvo que apoyarse en la Blazer para evitar la caída. La histeria total que le entró luego del susto, le dio sacudidas violentas como a muñeca en manos de niño hiperactivo, y un llanto desgarrador la obligó a esconder la carita hermosa entre sus brazos recargados en la camioneta amarillo canario.

El suceso cambió el rumbo de su vida en forma drástica: Clarissa Muñoz de Gómez Portugal estuvo encamada durante días interminables en que la desilusión la hacía desplomarse de golpe; sobrevivía con el espanto en la cabeza, pensando en lo poco que se requería para que los hombres se comportaran peor que animales. Por las noches, las pesadillas la hacían revolcarse en su cama de niña rica, porque se veía con la cara destrozada y las sienes agujeradas, por una de las cuales le salían borbotones de sangre caliente y, por la otra, le entraba sonriente la parca con todo y su paraguas de colores chillantes. Despertaba furibunda, por las madrugadas, con el sabor de la bilis en la boca al recordar la cantidad irrisoria en la que le habían tazado la vida.

Transcurrieron meses de encierro monástico. Enjaulada en su casa de niña rica, Clarissa se negaba a salir, cautiva de sus temores. Hasta que una tarde de noticias provincianas ella vio en la televisión escenas que le despertaron el interés:

eran tomas del Centro Histórico de su Lagos Colonial. Pero lo que más le llamó la atención fue oír el nombre de Cristino Mondragón, el narcotraficante que había estado a un pitazo de matarla. Escuchó con cierta alegría, de la cual nunca se arrepintió a pesar de sus creencias religiosas, que el llamado Zeta de Sinaloa había sido ejecutado con sesenta y siete balazos. "Al parecer, un ajuste de cuentas entre maleantes —decía la comentarista—; a juzgar por la forma del asesinato, se trata de vendettas entre delincuentes de bandas enemigas" Clarissa sintió en esos momentos de maravilla que una losa de mármol se le había desmoronado en su débil espalda, y pudo aspirar de nuevo, profundamente, el aire bendito de la libertad.

Lo que nunca dijeron en la tele fue que la célula del Cártel seguía viva, pues Matías Mondragón, el Zeta junior, había heredado el mando y las mañas del difunto Cristino. Incluso se llegó a rumorar que fue él mismo quien había mandado asesinar al padre, para quedarse con el poder absoluto y convertirse en el capo de la Banda de los Zetas en esta zona.

Sin embargo, a partir del día sacrosanto que enterraron a Cristino Mondragón, Clarissa se atrevió a salir de su residencia, aunque casi siempre con la protección tranquilizante de su esposo o de algún familiar adulto; y cuando, por circunstancias sin remedio, se animaba a respirar el aire fresco del exterior sin la compañía de algún conocido, tomaba toda clase de precauciones, algunas tan extremas, que la hacían ver como a una neurótica con delirios de persecución; incluso llegó al atrevimiento de llevar escondida en su Blazer la escopeta que su esposo le había comprado y que ella, en un principio, había rechazado para evitar que, por su culpa, los niños sufrieran algún accidente sin perdón.

Esa tarde de calores insoportables, Clarissa venía de recoger a sus retoños del Colegio Teresiano cuando se percató que la aguja del nivel de gasolina marcaba ya la reserva. Con cierta molestia se dirigió a la gasolinera de La Curva. Apenas había girado su camioneta amarillo canario para entrar a la gasolinera, justo cuando en esos precisos momentos un auto negro estaba saliendo de la misma: por los azares extraordinarios de la vida, o quizá debido a las bromas pesadas de la parca, quedaron frente a frente, otra vez, como aquella mañana de septiembre.

Se reconocieron de inmediato: aunque Io manejaba el otro barbaján, ella supo al momento que era el mismo BMW negro de aquella mañana de vivencias traumatizantes, porque se le había quedado grabado en el subconsciente y Io seguía viendo, noche a noche, en sus pesadillas más horripilantes. Unas pequeñas gotas de sudor escurrieron de su frente, a pesar del aire acondicionado que refrescaba el interior de la camioneta, y un cólico repentino la hizo doblar ligeramente el cuerpo, al recordar que Matías Mondragón era el muchacho que iba en el asiento trasero del BMW, y que ahora manejaba el auto deportivo, la mañana aciaga en que valoraron su vida en mil desgraciados pesos.

Él también reconoció al instante aquella Blazer amarillo canario, y una sonrisa burlesca se le apareció en su cara de sapo negro: trajo a la memoria la mañana fresca de septiembre, cuando acababan de echarle gasolina al BMW y por nada chocan con la camioneta de Clarissa. Se acordó de la apuesta que le hiciera el gigante de rostro cacarizo y bigote espeso que le diera la vida. Y, como aquel día maldito, en varios segundos que parecieron una eternidad, ninguno de los dos, ni Clarissa, ni Matías, hizo nada por dejar pasar al otro.

—¿Y ahora, que pasa...? —preguntaba extrañado Trinidad Ramos, el único acompañante de Matías, que iba sentado a un lado del narco. Menos precavido que el padre, esa tarde de sol a plomo el Zeta junior no se había hecho custodiar por sus guaruras asesinos y las camionetas negras americanas brillaban por su ausencia.

—Te hago una apuesta, mi Trini —dijo Matías, a manera de respuesta-: te apuesto mil pesos a que si esa vieja presumida se anima a pitarme en menos de un minuto, me la quiebro de un balazo; si no, yo te doy mil pesos a ti y otros mil serán pa ella. Mira, con esta escuadra 45 me la voy a despachar al otro mundo —y le mostró la pistola escondida bajo su chaleco de cuero negro.

—¡No manches, güey, con eso no se juega! —repeló Trinidad Ramos, el amigo inseparable del Zeta junior, y que nada tenía que ver con sus negocios ilícitos, pero el miedo le brincó desde el fondo de sus ojos rasgados, que se desorbitaron cuando vio que Matías Mondragón sonreía con el cinismo de los sanguinarios; el Trini supo al instante que no bromeaba—. ¡No la chingues, güey!... —pero el Zeta junior lo ignoró por completo, porque empezó a contar en su reloj de oro el tiempo que puso de condición.

—¡Ni modo! —exclamó Matías, al pasar los sesenta segundos de límite mortal. Bajó con parsimonia del auto, mientras que el Trini se quedaba atorado en el asiento del copiloto, temblando de susto. La perplejidad lo inmovilizó de cuerpo entero y quedó atónito, como también Matías Mondragón había quedado aquella mañana insólita del mes de septiembre.

De repente, ocurrió lo inimaginable: cuando Clarissa Muñoz de Gómez Portugal lo vio descender del auto, ella, con una rapidez inusitada, aumentó a todo lo que daba el volumen de su autoestéreo, bajó completamente el vidrio de la ventanilla, se quitó el cinturón de seguridad y asomó medio cuerpo al exterior; para entonces, ya traía entre las manos una escopeta recortada, que disparó con una seguridad de dar vértigo.

Las dos balas expansivas que anidaban en la cámara se incrustaron en el pecho velludo de Matías Mondragón, quien se llevó las manos instintivamente hacia los agujeros enormes que se le formaron de pronto, y por donde le empezaron a salir chorros de sangre caliente. Se miró las manos ensangrentadas, sin alcanzar a comprender lo que le estaba sucediendo. Sus ojos saltones se abrieron aún más, con desmesura increíble, mientras negaba con la cabeza lo que miraba. Cayó como saco de papas al suelo asfaltado, que reverberaba esa tarde de calor agobiante, y ya no pudo escuchar las palabras de Clarissa:

—Aposté conmigo misma, y por mis hijos, que te mataría si te atrevías a bajar de ese carro de mierda...

Con la serenidad de los gatos al limpiarse, Clarissa se acomodó en el asiento, debajo del cual volvió a esconder la escopeta recortada, disminuyó el volumen de su estéreo a sonidos soportables, subió nuevamente el vidrio de la ventanilla, y miró por el retrovisor para percatarse que los niños ni cuenta se habían dado del suceso fatal; no escucharon siquiera las detonaciones escandalosas que siguieron a los fogonazos lívidos que cegaron al sucesor del Zeta de Sinaloa, porque iban concentradísimos en sus videojuegos empotrados tras los respaldos de los asientos delanteros.

—A, B, C... —Jugaba el más pequeño en su computadora.

—¡Ave, Zeta! —exclamó con ironía la mujer, mientras se colocaba el cinturón de seguridad y arrancaba su camioneta, esquivando con habilidades propias de un profesional del volante el cuerpo del Junior y el auto deportivo con lenguas de fuego.

—¡No, mamá! —corrigió el mayor de los niños, que alcanzó a escuchar a Clarissa, a pesar de que seguía con los ojos clavados en la pantalla y moviendo los botones del control con dedos diestros en la materia—. Es A, B, C.... y hasta el fin es la Z.

—Tienes razón, mi niño inteligente, tienes toda la razón —afirmó Clarissa, mientras se repetía para sí misma, en voz baja: "Tengo razón, tengo toda la razón."

Sueños...

(Del Otro Lado)

Caminaba sin rumbo alguno bajo el aliento infernal de un dragón impío. Sus piernas se movían por puro instinto y ya ni siquiera alcanzaba a sentirlas, de tanto andar sobre tierras pesadas, y sin pizca de lucidez en la conciencia adormecida. Llevaba no sabía cuánto tiempo de locura y dolor en medio del monte, dando vueltas en círculos concéntricos cada vez más pequeños que lo iban arrastrando hacia el agujero negro de la salvación, hacia la muerte.

Había dejado en su terruño la historia de su vida pasada: la historia de todos los soñadores. Pero se había prometido miles de veces que él sí llegaría al pueblo convertido en un hombre exitoso, encima de una camioneta Hummer, negra y blindada, y las bolsas llenas de dólares: el sueño americano no sería tan solo un concepto inventado por los políticos que hablaban de los paisanos como de algo meramente estadístico. Esa noche los pasarían al otro lado de la mediocridad en una camioneta con caja de magos, donde iban ocultos otros quince más, entre niños, mujeres y hombres deseosos de salir de pobres en un medio inhóspito, pero con oportunidades para todo aquel que tuviera de veras los arrestos para sudar la gota gorda en el trabajo rudo.

Iban todos amontonados, como cerdos listos para el matarife, en el cajón de la camioneta que cargaba al frente verduras de cualquier tipo y que servían de señuelo para encubrir el compartimiento secreto colocado en el fondo, donde los habían enlatado apretujadamente. Aun así, Inocencio González

Montelongo había logrado dormirse, vencido por el cansancio, el calor agobiante, el aire enrarecido de la caja en penumbras y el traqueteo de la camioneta que los llevaría al paraíso tantas veces glorificado por otros amigos aventureros.

De repente, unos gritos lo despertaron con sobresaltos de terremoto a mitad de la noche: sintió los pisotones, escuchó los chillidos de los niños, las voces lastimeras de las mujeres y los apremios de los hombres, pero no lograba desatolondrarse del todo, hasta que alguien gritó que los habían descubierto y que la migra los iba a agarrar. Como pudo, salió del compartimiento oculto y caminó a gatas por encima de las verduras y de alguno que otro compañero de desgracias. Bajó penosamente de la camioneta estacionada a mitad de carretera y corrió hacia el monte.

El pollero también había huido hacia allá, abandonándolos al amparo de noche, al ver que la patrulla fronteriza los había detectado al intentar cruzar la línea por ese rumbo agreste. En el desconcierto, todos corrieron a donde el instinto propio los orilló, pero solo alcanzaron algunos metros recorridos porque las piernas no les dieron para más, no como el corazón, que les tamborileó a galope tendido, como caballo desbocado en plena llanura: los de migración les truncó la ilusión a golpe de macanazos y los agarró casi a todos al momento; tan solo Inocencio logró huir un poco más allá de lo previsto, cuando sintió de repente el aliento alcohólico a sus espaldas, los gritos de amenaza cerquita de sus oídos, los golpes en su cabeza:

—¡Ora si no te nos escapas, pinche Chencho! —escuchó incrédulo que le llamaban por su nombre, mientras lo golpeaban con violencia desmedida. Creyó reconocer algunos rostros entre las caras congestionadas de los policías gringos que cuidaban el otro lado; sí, en el tumulto desaforado alcanzó a distinguir los rostros con rasgos mexicanos de pandilleros drogadictos que vivían en el Barrio Muerto de su pueblo —el pueblo de las consejas deliciosas.

—¡Pa que aprendas a respetar y no meterte donde no debes, hijo de la chingada! —oía como entre sueños, sin comprender gran cosa lo que le decían, porque las patadas que le propinaban en todo el cuerpo lo iban agobiando con un dolor insoportable, y lo iban sumiendo poco a poco en las tinieblas de la inconsciencia.

—¡Chin, creo que ya se nos fue! —gritó uno de los patrulleros-pandilleros, luego de los instantes eternos en que sintió por doquier una lluvia de golpes sádicos que aquellos desalmados le tupieron sin misericordia— ¡Yo creo que ahí muere!... ¡ámonos ya!

—¡Sí, ahí muere —agregó otro—, ámonos antes de que venga la chota! —decía. El sabor a sangre entre los labios hizo vomitar a Inocencio González Montelongo, doliéndole un mundo entero en cada arcada que se aventaba.

—¡Órale, ámonos ya! ¡Sí, ya viene la mendiga chota! ¡Ya se oye la pinche patrulla!

Escuchó los ruidos de pisadas que huían, el ulular de una sirena, voces que le hablaban; luego, el canto melancólico de un grillo a mitad de la noche. Unos segundos, tan solo unos segundos de oscuridad y silencio totales. Después, levantó con grandes penurias la cabeza y miró en todas direcciones, sin encontrar formas conocidas ni escuchar otra cosa que los sonidos de la noche. Sentía como si lo acabaran de despertar a la mitad de un sueño, con el razonamiento como queriéndole llegar a la cabeza, atolondrado. De súbito, se incorporó con una rapidez inusitada, dada la golpiza que acababa de recibir gratuitamente, y huyó del sitio aquel, más por puro instinto que por aplicación de enseñanzas previas o inteligencia orientada a las escapatorias de problemáticas asfixiantes.

Corrió como alucinado durante varias horas, entre tropezones y caídas, rasgándose la ropa y la piel con las espinas de los huisaches, dejando atrás una estela de miedo que cualquier perro hubiera podido olfatear. Para su fortuna, buena o mala, no traían sabuesos los perros de la patrulla fronteriza, y pudo dejarlos con muchos kilómetros de desventaja, porque se fue metiendo más y más al centro del infierno, donde el frío le empezó a acalambrar el paso. La adrenalina se le fue disipando y una temblorina de escándalo le entró en el cuerpo que le pedía a gritos una tregua piadosa.

De pronto, se vio perdido en medio de la nada. A pesar de que miraba en todas direcciones, no lograba observar ningún ser humano que lo siguiera, y un temor milenario le entró por los ojos, y un llanto timorato le salió por los ojos, que se afanaban en encontrar algo más que oscuridad a su alrededor. Desconcertado, se dejó caer sin poder sostenerse ya más, y se abandonó en la inconsciencia salvadora, bajo el viento helado de la noche.

La mera verdad, yo nunca había sido bueno para eso de las ubicaciones terrenales; casi siempre andaba en las nubes porque me gustaba soñar con alternativas más jubilosas, en lugar de pasármela renegando con tanta pobreza; y cuando conocí a Doralicia Flores Sanromán, mis viajes fueron más allá que la sonda intergaláctica: conocí el universo entero… pero también sus agujeros negros, más terribles y más oscuros que la conciencia de quienes ayunan los viernes santos, pero que se atragantan con los pecados capitales el resto de la temporada. Tal era mi incapacidad de orientación que, aseguro con la convicción de los creyentes, si yo hubiera sido el Hansel de Gretel, jamás habría regresado al hogar, aunque hubiera dejado un reguero de señales por todo el camino. Así las cosas, cuando entro en los centros comerciales de las pocas ciudades grandes que visito de cuando en cuando, simplemente me extravío: no logro dar con la puerta por la que ingreso, luego de ver algunos aparadores o entrar en alguna tienda en particular. Tampoco me acuerdo dónde dejo estacionado el auto o por dónde se mete el sol.

El milagro se le apareció cuando se tocó el cuerpo un tanto abollado, más por haber dormido en el suelo pedregoso, que por heridas de golpes mortíferos; pero de la sangre que le salió desaforada, o del dolor que se le clavó cuando le rompieron las costillas, nada, amén de unos cuantos rasguños, ni un solo hueso quebrado.

Sorprendido, deambuló en busca de agua con qué saciar su sed, o de alimento con qué callar los gimoteos de sus tripas, o de seres humanos con quiénes despotricar sus emociones todas, pero fue en vano: solo pudo encontrar algunos hierbajos que masticó con desesperación, y que al momento escupió porque la amargura le quemó la lengua. Se sintió más solo y desorientado que nunca, pero la ilusión de volver a ver a Doralicia Flores Sanromán le dio ánimos para seguir caminando, aunque fuera a la deriva y, sin que se percatara, pasando por el mismo lugar muchas veces, bajo las ardientes ráfagas de viento que le quemaban la molleja y hasta los pensamientos.

Otra vez el cielo se apiadó de sus pies adoloridos y lo premió con las sombras de la noche; a cambio, le arrimó de nueva cuenta el temblor en todo el cuerpo, con las heladas que le cayeron sin miramiento alguno. Se acostó enrollándose como feto sobre las tierras aun calientitas. Fue cuando le llegaron los recuerdos de aquella noche fantástica que pasó al lado de Doralicia y que lo hicieron reanimarse un poco: se acordó que estremecimientos parecidos a los que tenía en esos instantes lo habían agarrado desprevenido, cuando Doralicia Flores Sanromán lo besó con toda la pasión de adolescentes vírgenes y le dijo al oído que quería pertenecerle en cuerpo y alma, aunque sus padres se opusieran porque él era más pobre y corriente que las galletas de animalitos.

La había conocido en una "disco" del pueblo, en las fiestas de agosto, cuando los laguenses se olvidaban hasta de las clases sociales heredadas por el orgullo. Las dos cervezas que se habían tomada cada quien por su lado les había disuelto los miedos inhibitorios y, cuando la vio bailar solita, moviendo su cuerpo en flor tan sensual, en medio de la pista iluminada con luces estroboscópicas, se le acercó, brioso y deslumbrado, y sin pedir autorización, se puso a bailar con ella. Doralicia le siguió el juego: bailaron toda la noche hasta que la madrugada los cazó, cuando ya estaban entrelazados sus destinos: ambos se enamoraron al instante.

Desde entonces se veían a escondidas de los padres ricos de Doralicia, de prosapia entre los laguenses y con tradiciones estrictas y lineamientos sin desvíos, con reglas no escritas, pero que todo mundo cumplía: Una Flores Sanromán debía casarse con un Vega o con un Gómez Portugal, o con alguien de apellido Anaya, pero nunca con un González Montelongo o, lo que daba igual, con un Montaperros cualquiera. Por eso, cuando a Chencho se le ocurrió la brillante idea de pedir permiso a don Jorge para visitar a su hija como pretendiente formal, este lo amenazó de muerte si tan siquiera la llegaba a tocar con el pétalo de una rosa. Doralicia era irreverente y estaba tan encaprichada con el novio, que siempre lo animó a desafiar las costumbres. Por eso siguieron queriéndose sin la bendición paterna, en citas veladas y lugares ocultos, como amantes de amores prohibidos.

—¡Voy a salir de pobre! —juraba con convicción religiosa el joven amante —, me voy a ir a los Estados Unidos y te juro que vendré nadando en dólares, y entonces ya nadie podrá ningunearme, ¡Te lo prometo, Doralicia, y no voy a morirme en el intento!

El sol tremendo que se asomó en el cielo límpido me despertó del sueño que había tenido, entre otras varias pesadillas que me asaltaron durante mi extravío nocturno; otra vez me visitó el sueño recurrente que siempre me había angustiado, desde mis más remotas noches infantiles: soñé que iba de la mano de mi madre caminando tranquilamente por la banqueta de una calle del barrio amado; iba contento, me sentía seguro con la presión amorosa de la mano de mi madre en la propia, cuando de pronto se abrió el piso bajo mis pies, haciéndome caer en un pozo negro y profundo, entrándome en la caída una ansiedad delirante y un torrente de pánico al desprenderme de la mano de mi mamacita santa, que se quedaba en la superficie sin darse cuenta siquiera que yo, Inocencio González Montelongo, me despeñaba en los infiernos negros de soledades desesperantes.

Entonces, me movía lleno de espanto por caminos subterráneos durante unos minutos interminables en que la angustia me hacía llorar, y luego, de repente, volvía a mirar la luz de la calle por otro agujero que se abría por encima de mi cabeza, y salía presuroso de las tinieblas, y el júbilo de volver otra vez a la vida me pintaba una sonrisa enorme en la cara, pero luego las esperanzas se me escurrían por los ojos, cuando miraba en todas direcciones, sin encontrar la figura amada de mi mamacita: nomás no podía hallarla, por más que pretendía abrir los ojos , y tampoco me hallaba a mí mismo, perdido entre la gente conocida de un barrio conocido.

Despertaba sobresaltado y con el sudor disolviendo el reguero de lágrimas que me salían a borbotones, sintiendo todavía la desolación en alma, tal como desperté esta mañana desierta, bajo el sol infernal que me abrazaba de cuerpo entero. Me sentí tan solo, tan extraviado, que mejor quería morirme... La verdad, me estaba muriendo en esas tierras remotas, lejos de los míos.

—¡Pobre de Chencho, tan buena gente que era! —alcanzó a escuchar a lo lejos, como si el sonido viniera de otras dimensiones.

—Sí, tan bueno que era el muchacho. —alguien asintió —. ¡Y mire, en la que vino a caer! —añadió con lástima la mujer aquella.

—Pos, sí…de veras qué pena… morir tan joven… y de qué forma, tan fea —murmuraban cerca de un ataúd que encerraba para siempre al joven Chencho.

—¡Y mire cómo anda la pobre de mi comadre! ¡Apenas si resuella!

—Pos cómo no… perder un hijo es como morirse una misma.

—¡Mire que haberlo mandado matar el viejo desgraciado de don Jorge, nomás porque andaba rondando a su Dorita!

—Pos, sí… lo que le hizo no tiene nombre, ¿verdá?...

—Y decían que apenas que se iba ir pal Norte, pa ganar harto dinero y poderse casar con la Dorita esa…

—Pos, ya ni le alcanzó pa nada… nomás que pa morirse…

De súbito, me vi suspendido en los aires ionizados de un sitio fúnebre, y miré la panorámica de un velorio donde me encontraba tendido en un féretro dorado, entre cuatro cirios que trataban de darme luz y calor. Cuando me llegó el entendimiento, un remolino de emociones exacerbantes sacudieron con fuerzas poderosas la parte de mí que estaba levitando en el sitio lúgubre aquel: sentí que me tomaba por el cuello la perplejidad tremebunda, y sentí rabia y deseos de venganza, pasando por el asombro y por el miedo, la negación y el desconsuelo.

Sentí, de pronto, la resignación y la serenidad entrar a mi alma. Entonces recordé con la claridad del sol del mediodía que la víspera te había visitado, Doralicia, en el lugar secreto donde solíamos amarnos sin respiro, y esa noche tan especial nos habíamos amado con desesperación; recordé que me habías entregado en un beso la promesa tácita de esperarme todos los siglos necesarios para que yo regresara de los nortes, con los dólares suficientes con qué arrancarle el orgullo a tu padre. Y yo me entregué a ti, Doralicia, y te di en un beso la certeza de que ni la distancia, ni la oscuridad completa habrían de separarnos nunca.

Esa noche fue nuestra despedida, porque yo habría de partir en la madrugada rumbo a los barrenderos de los dólares; nos dimos un hasta luego, Doralicia, con la tristeza en los ojos, pero con el corazón sosegado, luego de habernos amado tan desaforadamente. Cuando ya iba aromando las calles con tu perfume, camino al destino, me sorprendió una pandilla de chavos, de esos que todos llamamos cholos; y que reconocí como vecinos del Barrio Muerto, y entre todos, sin decir agua va, me golpearon a la de malas:

—¡Ora si vas a saber lo que es amar a Dios en tierra de indios! —me gritó uno ellos, mientras me apaleaba con saña.

—¡Esto es pa que no te olvides quién es don Jorge Flores, que te manda sus saludes!

—¡Pa que acabes de escarmentar! —vociferaban, y me atacaban sin piedad alguna, porque no midieron nunca la magnitud de su crueldad y me golpeaban con palos, manos, pies...

Sentía cómo me levantaban por los aires y me dejaban caer al empedrado, donde se me rompieron varios huesos y ahí me siguieron atizando con todo, dejándome tirado, moribundo, encharcándome en mi propia sangre. Luego se oyeron ruidos, sirenas, pasos acelerados, gente que iba y que venía. Después, se oscureció de más el mundo y ya no supe de mí. Y ya no supe de ti, Doralicia, no te contemplo: está mi gente a la que amo y que sé que me quiso, lo siento por la humedad con que mojan mi piel marchita al pasar frente al ataúd donde está mi cuerpo; pero tú, Doralicia, ¿dónde andas, dónde están tus ojos?...

¡Ah!, entiendo: no viniste a despedirte otra vez del que fuera Inocencio González Montelongo, porque estabas con la idea de que ya se había ido para el Norte. Yo también creía que andaba por aquellos rumbos enfrentándose a la Santa Muerte, solo, perdido entre matorrales y huisaches, agonizando lejos de los seres queridos, abandonado al azar por aquel pollero ruin cuando los sorprendió la Migra. Hasta ahora caigo en la cuenta que no llegaste al velorio porque nunca te enteraste que habían contratado sicarios baratos para darle un castigo ejemplar. Hasta ahora supe que no viniste a darle el adiós último porque tu padre te mandó a las tierras del Quijote, a recobrar la cordura y a deshacer con hechizos de gitanos los hechizos del primer amor, mientras que él, Inocencio González Montelongo, deliraba, soñaba que moría, cuando ya no era más que un difunto entre los vivos.

IncoHERENCIAS de

"El viejito cuentacuentos del Callejón del Ratón"

Un día lleno de extravíos y surrealismos desconcertantes, me desperté en plena madrugada mirando un cielo de espanto, hambriento de estrellas y con la luna llena en el cenit; rodeada de un halo hipnótico, me parecía que aquella luna provocaba brotes de temores olvidados, cuando se escondía de vez en vez entre las nubes dispersas que volaban de aquí para allá, tal como lo había visto en las películas macabras de licántropos, Dráculas indígenas, mujeres vampiro y otros engendros del mal, en los tiempos remotos aquellos cuando yo era todavía un pequeño asustadizo: solo me faltaba escuchar el aullido largo y siniestro de un lobo sanguinario.

Encontré estas notas en un cuaderno escolar, sucio y maltratado, pero escritas con letra de amanuense diestro, uniforme y hermosa, que fue lo primero que llamó mi atención: la caligrafía preciosita con la que aquellas notas estaban redactadas; y, lo segundo, que aparentemente correspondían a fragmentos autobiográficos de un personaje excéntrico y querido que conocí en mi niñez, los cuales al principio me intrigaron, y luego consiguieron subyugarme a extremos tales, que no dejé de leerlos hasta verles el fin:

La extrañeza me hizo incorporar ligeramente de la banqueta helada en la que me hallaba acostado —continuaban las anotaciones en el cuaderno—; titiritando de frío a causa de un viento gélido que se desató intempestivamente, miraba de un lado a otro, preguntándome por qué no estaba en mi recámara de esposo abandonado, hasta que, gracias a la luz difusa que emanaba de aquella luna diabólica, reconocí el lugar donde me encontraba: era mi Callejón del Ratón, pintoresca callecita donde transcurrió mi infancia, con alegrías entrañables por las mañanas serenas, o con cascaritas de futbol y otros juegos cándidos por las tardes de ensueño, o con miedos traumatizantes durante las noches oscuras, criadoras de visiones fantasmagóricas que infunden pánico en el alma, como esa madrugada en la que me despertaba todo desorientado.

Aunque en esos momentos no sentía ningún temor, la sorpresa de encontrarme ahí, sin saber el cómo ni el por qué, me dejó aturdido, angustiado, perdido. Y eso era lo kafkiano de aquella situación: si bien recordaba en esos momentos cientos de hechos ocurridos muchos años atrás, por más que intentaba no lograba jalar a la memoria la razón por la cual estaba ahí, tirado en medio de la nada, padeciendo heladas mortales en todo mi ser.

Por unos instantes creí que estaba viviendo una pesadilla, porque al querer cubrirme el frío espantoso que me obligaba a temblar como a perro flaco bajo la lluvia, me di cuenta que traía encima una cobija andrajosa, que apestaba a diablos, y una sudadera negra con sus pantalones deportivos, más harapientos que mis chanclas viejas, y que no entendía de dónde habían salido, ni por qué los llevaba puestos. Sin embargo, luego de minutos en que los pensamientos me brincaron en la mente como pulgas en el cuerpo, me convencí que no estaba en medio de ningún sueño horrible, sino que realmente me hallaba ahí, sufriendo las congelaciones de los mil fantasmas invernales y vistiendo como un mendigo decrépito y sin aspiraciones de ninguna clase: La mente toma como verdadero lo que uno siente, lo que uno piensa, lo que uno cree; así, cualquier situación es real. En verdad aquello me estaba sucediendo. Era una realidad lastimera, pero tan cierta, como la de haber crecido en ese Callejón.

Al llevarme instintivamente la mano derecha a la mandíbula, descubrí una barba hirsuta que me crecía hasta el pecho y la cual acaricié a todo lo largo para medir el tamaño de mi dejadez; froté mi cuerpo con ambas manos para entrar en calor y lo sentí esquelético, como si la muerte estuviera metido bajo mi piel; después, mesé el cabello con desesperación y también lo sentí áspero, mugroso, enterregado, y muy largo, con trenzas a la usanza de los rastafari: Parecía un vagabundo en plena decadencia, aunque no podía acordarme en qué momento, ni por qué, la desidia total me había agarrado como cizaña a huerto abandonado.

Así permanecí durante horas: con el castañeo de dientes inacabable, acostado en el duro de la banqueta helada de mi Callejón de nostalgias benditas. No obstante, el desconcierto me obligaba a reflexionar y poco a poco la memoria trajo a mi conciencia recuerdos dolorosos, pero que me quitaron la incertidumbre que había agarrado al verme en mi Callejón, donde viví la infancia y, ahora, el desastre en que estaba transformado.

Enloquecido de tanta impotencia como traía encima —según describía en sus notas—, Mauro Rocha llegó iracundo a su casa mediocre, desgranando una sarta de improperios y maldiciones satánicas, tal que si rezara una letanía blasfema al nombrar a todos los santos del calendario de los despechados:

—¡Son una bola de desgraciados! ¡No saben valorar a la gente que de veras se esfuerza en hacer las cosas como Dios manda! —expresaba el sentimiento herido de Mauro Rocha, mientras lo hacía caer pesadamente al sillón de meditar, enojado, humillado, afligido—. ¡Tantos años de dedicación y esmero, de entregar el alma y la vida toda! ¿Para qué?... ¿Para tratar de consolarme nada más con sus muchas gracias y adiós, que te vaya bien? ¡Cómo si yo fuera un niño y me conformara con un pinche dulce! ¡Claro, como uno ya está viejo, dicen que ya nada es igual! ¡Que ya no es lo mismo!... —y se llevó las manos pecosas a la cara estragada, para esconder el llanto que le sobrevino de repente—. ¡Ya no sirvo para nada!

—¿Qué sucede? —preguntó su esposa, con el espanto en la voz al verlo tan abatido—, ¿te duele algo? ¿te pegaron los ataques nuevamente? ¿por qué llegaste tan temprano del trabajo?

—¡Me despidieron, Clementina, me despidieron! —exclamó Mauro, arrojando a los aires el rencor largamente reprimido—. ¡Después de tantos años que les trabajé sin reservas, estos cabrones me dieron una patada en el culo y me corrieron de la fábrica!

Clementina Paredes Molinar quedó atónita: no esperaba la pedrada que le dio en pleno rostro y que la dejó sin alcanzar a entender la magnitud de la desgracia.

—Tú siempre los has dicho: las empresas son S.A.: Sin Alma. —dijo ella, por decir algo, cuando al fin se le desaturdió el entendimiento—.

—Y ahora… ¿Qué voy a hacer?... ¿qué vamos a hacer, sin dinero, con tanto desempleo y con esta crisis que nos está matando?

—Dios proveerá, ya verás.

—Dios tiene muchas cosas qué hacer, como para querer meterse de proveedor de gente inútil.

—No te desanimes, Mauro, ya encontrarás otro trabajo —murmuró sin muchas ganas—, por algo pasan las cosas… Nomás no pierdas la fe en Dios, ya verás que no nos deja al desamparo.

—¡Qué Dios, ni que ocho cuartos! —negó frenético Mauro Rocha Castañeda, desgañitándose para terminar de convencer a su cándida esposa — ¿Te crees que tu Dios va a venir a ofrecerme trabajo, como vil empleado del Departamento de Capital Humano?

—Ayúdate, que yo te ayudaré…

—¡No me vengas con tus sermones de fanática religiosa! ¡Ahora no estoy para soportar tus "cápsulas de sabiduría popular"!

—Entonces —murmuró la mujer, luego de cavilar un tanto sobre la manera de arrimarle de nuevo la autoestima, bajarle el enojo y evitar que los ataques nerviosos lo agarraran desprevenido—, no te quejes, ya vas a tener el tiempo suficiente para hacer lo que siempre decías que ibas a hacer cuando dispusieras del tiempo necesario: escribir tus cuentos de locos.

No le pareció mala la sugerencia.

La risa diáfana y la algarabía escandalosa de unos niños me acercaron al presente, tembloroso, acostado en la banqueta de mi callejón amado, en la hora en que el frío calaba más hondo porque el sol apenas se asomaba entre las montañas remotas.

—¿Por qué no te levantas ya y nos dejas pasar con nuestros patines? —me cuestionó enfadado el más pequeño de los tres, cuando llegaron a donde yacía entelerido, obstruyendo el paso con mi cuerpo flacucho y envuelto en la cobija que apestaba a rayos.

—No te enojes —pedí, con la lentitud provocada no tanto por el entumecimiento de mi cuerpo, sino por la turbación de la mente—, ya voy, ya voy, pero... ¿Qué no es muy temprano para andar con juegos?

—¡Si ya nos andaba porque saliera el sol! —exclamó el más grande de los tres—. No ve que mi mama no quería que saliéramos a estrenar nuestros patines hasta que amaneciera, pero como ya salió el sol, pues ya andamos jugando...

—¡Sí, nos lo trajeron los Santos Reyes! —terció el de en medio.

Quedé sentado en orilla de la banqueta, mientras los niños la tomaban como pista de carreras extremas. Remembranzas escondidas me asaltaron otra vez, de pronto.

Mauro escribió con detalles precisos, en su cuaderno sucio que llevaba siempre entre sus harapos —y que llegaron a mí como herencia milagrosa —, cómo las evocaciones lo acercaron con añoranza infinita al pasado remoto, cuando de niño jugaba con su mejor amigo, Ranulfo Tapia; en sus juegos de infantes creaban mundos fantásticos donde las historias inventadas improvisadamente fluían como líquidos de vida, a borbollones tales, que eran un contento.

Gozaban y sufrían las hazañas que imaginaban al instante, donde cada cual actuaba el papel de su héroe legendario: Santo, el Enmascarado de Plata, y Blue Demon y el Mil

Máscaras les enseñaron a vivir aventuras donde ellos, los representantes del bien, vencían invariablemente a las legiones maléficas, encarnadas en momias, zombis y vampiros siniestros que intentaban apoderarse del mundo, pero que ambos, en perfecta armonía de valor, esfuerzo físico e inteligencia, amén de otras virtudes morales, lograban destruirlas día con día, juego tras juego.

Las aventuras eran construidas sin dificultad alguna: uno decía una cosa y el segundo agregaba otra mejor; con creatividad desbordada ponían atmósferas de suspenso y terror, pasión y enjundia; y eran los novios amantes de mujeres hermosas, y eran defensores y justicieros de gente del pueblo, y eran verdugos de los monstruos asesinos que querían acabar con el mundo.

Leí en sus notas que Mauro recordó también a Ana María de los Remedios, la hermana de Ranulfo Tapia, y sus narraciones extraordinarias de cuentos clásicos. Sí, ahí estaba también la semilla sembrada por Ana María con sus relatos de Edgar Allan Poe y otros autores magníficos, narrados con maestría innata, según decía Mauro en su cuaderno de amanuense regio, y que mantenían enajenados durante horas enteras a los dos niños, ávidos de emociones fuertes, envueltos en espacios mágicos creados por una cuentacuentos maravillosa.

Pude concluir que todo eso fue abono para la imaginación desaforada de Mauro Rocha Castañeda, que a edad temprana se vio favorecido con talentos únicos para la creación de historias breves, y que sacaba del corazón de una manera espontánea. Mauro anotó que sus cuentos fueron incluso premiados en certámenes nacionales y prometía ser un escritor de renombre. Pero, por pretextos diversos, no hizo de esa facultad increíble un oficio y una manera de vivir. Nunca buscó una preparación adecuada para ser literato profesional y solo de cuando en cuando escribía sus relatos, a manera de pasatiempo, según comentó en su cuaderno escolar.

Y ese día que Clementina le sugirió dedicarse de lleno a escribir cuentos, en esas circunstancias deplorables, la idea no le pareció nada mal.

Al momento encendió la P.C. y dejó que llegaran a él las hadas que favorecían la creatividad; pero horas después, apagó su computadora con ira y desesperación: la inspiración no le daba para mucho. Sin embargo, comprendía que ser escritor no era cosa de sentarse durante horas y horas e hilvanar palabras, así como así.

Entonces, de acuerdo a sus notas escritas con letra de amanuense profesional, realizó mil esfuerzos sinceros por salir del pantano que lo estaba acabando: por una parte, insistió en convertirse poco a poco en un verdadero cuentista estudiando, leyendo, intentándolo una y otra vez, teniendo paciencia; por otro lado, como por no dejar, siguió buscando trabajos acordes a su profesión académica y, muy de mañana, comenzó el martirio de recorrer las calles para tocar de puerta en puerta, de fábrica en fábrica, pero siempre era despedido con las mismas respuestas lacónicas: "Nosotros le llamamos". "Vuelva después". "No hay vacantes".

Llegaba al anochecer a su casa mediocre con los pies adoloridos y el alma cada vez más emponzoñada. El peso gravitatorio de la derrota lo jalaba día a día hacia el centro de la desesperación, mientras los deseos de venganza contra quienes lo habían hundido eran más fuertes que el instinto de supervivencia: quería golpear con todo el rencor del mundo en el rostro invisible del corporativo, romperles la cara a todos los directores de la empresa, desquitarse con el primero que se hiciera corpóreo.

Quizá todo aquello contribuía a que cuando Mauro Rocha Castañeda intentaba escribir sus cuentos de locos, como los llamaba Clementina, la pantalla de la computadora permaneciera en blanco durante horas de desaliento, porque las pocas frases que lograba teclear eran borradas casi enseguida, sin ninguna piedad. Nada mas no lograba que las musas llegaran a hasta esa casa que poco a poco se poblaba de fantasmas y demonios.

Como si estuviera alejado del mundo, sentí el bullicio de la calle y poco a poco regresé al Callejón.

—Oiga, señor —me hablaba quedito el niño más grande, mientras me zarandeaba del hombro—señor, despiértese. Dice mi mamá que si no quiere una taza de café bien calientito, pa espantarse el frío...

—Y el hambre —agregué, con una sonrisa de oreja a oreja, a pesar de la modorra.

Me llevaron un plato de frijoles con chile rojo y tortillas calientitas hechas a mano y una taza con café humeante, aquella mañana helada del seis de enero, que saboreé como si fueran ambrosías, mientras miraba a los niños jugar en el callejón, que ya sumaban por lo menos una docena, cada uno con juguete recién estrenado. Hacía tiempo que no comía tan espléndidamente.

Escribió en su cuaderno sucio y maltratado que quiso ser escritor de la noche a la mañana porque, a sus 47 años, no lograba encontrar un trabajo que le brindara la seguridad económica que siempre buscó y por lo que nunca se atrevió a seguir el destino que le tenían dispuesto las hadas de la inspiración. Mauro Rocha Castañeda pretendía escribir cuentos maravillosos que deleitaran a miles de lectores, pero seguía bloqueado. Llevaba ya tantos días intentándolo, que estos transcurrían sin apenas sentirlos, sin apenas comer, sin apenas dormir; aunque para Clementina la cosa era diferente, porque ella seguía con las labores del hogar, tan monótonos y aburridos, tan desgastantes, que poco a poco le fueron corroyendo el alma,

Uno de esos días ya no soportó más el abandono en que la tenía Mauro, ensimismado en sus mundos oníricos, que decidió abandonarlo ella también, pero para siempre: Se fue de la casa, se fue con otro hombre en búsqueda del sustento y del amor que Mauro Rocha Castañeda le había negado por querer escribir sus cuentos de locos.

Ante la desdicha, sin apenas comer, sin apenas dormir, el cuerpo de Mauro Rocha Castañeda se le fue consumiendo sin remedio. Además, padecía aquella rara enfermedad crónica que se le manifestada en desórdenes nerviosos y convulsiones esporádicas, tal como lo describió en su cuaderno durante momentos de lucidez, diagnosticada después de haber recibido sendas regañadas de su exjefe inmediato, una mañana para olvidar, por haber cometido un error insignificante, que condujo a otro y a otro, luego de la primer sermoneada, injusta y desaforada, según Mauro,

Fue tal la impotencia reprimida, el rencor generado, el enojo contenido, que reventó en espasmos dolorosos y la pérdida de la conciencia durante minutos de sobresaltos para los que presenciaron la desventura. A partir de esa mañana, cuando el estrés era insoportable, Mauro caía en ese estado que no lograban controlar, excepto con inyecciones de narcóticos benditos. Desde entonces, Mauro consideraba que aquel padecimiento nervioso se lo había encasquetado la política oficial de aquella empresa desalmada, donde trabajar BPM (Bajo Presión al Máximo) era la consigna "para lograr que el personal rinda más". Después del despido, la enfermedad aquella se le agudizó a tal punto que había ocasiones en que caía desmayado frente al computador y luego despertaba sobresaltado, pensando que el cansancio lo había vencido y se había quedado simplemente dormido.

En algunas ocasiones me despertaba, de pronto, husmeando en la basura, peleando con los perros callejeros por los restos de comida que dejaban los desperdiciados en el contenedor de basura ubicado como a tres kilómetros de mi casa, cerca del Conalep.

Otras veces me veía, de repente, en el centro de la ciudad, en el atrio de la Parroquia de la Asunción, ofreciendo un sombrero que no sabía que tenía, para que los feligreses depositaran una limosna en él, aunque en muchas ocasiones lo que recibía era la mirada dura de los hombres religiosos, o la mirada de susto de los niños bien, que se aferraban a la mano de sus madres nada más al verme, y ellas se alejaban de mí como de a leproso bíblico, cuando me descubrían entre la multitud, llevándose a sus hijos relucientes tras de sus faldas.

Así, como entre brumas, me vi siguiendo a una señora de edad incierta que me llevaba de la mano, bajando con la lentitud de las tortugas las escaleras del atrio formidable de la Parroquia de las Consejas deliciosas. Sin casi darme cuenta, llegamos a una casa de fachada colonial y me metió a rastras: era una casa enorme, resplandeciente, pletórica de lujos.

Me bañó en una tina de agua caliente que despedía aromas de flores exóticas y ahí me usó sin que yo pudiera siquiera negarme, porque no atinaba a quitarme la sensación de andar flotando, pisando entre nubes, como si estuviera alcoholizado o hubiese comido hongos alucinógenos. Luego me vistió con ropas que pertenecieron a su marido asesinado en una revuelta de faldas, según me contó la señora de otoños candentes y mirada turbia, mientras me adormecía haciendo trenzas con mi cabellera larga y perfumada.

—¡Fue gol! ¡Fue gol! —los gritos de los chiquillos jugando en el callejón me sacaron de los recuerdos. Al mirarlos tan entusiasmados, me llegó a la conciencia una nueva idea: si no podía ser escritor, para sobrevivir en aquel mundo pletórico de hombres y mujeres de dobles caras, me convertiría en un cuentacuentos capaz de mostrar a los niños que hay otras maneras de andar por estas latitudes.

No me pareció mal la idea.

Aprovecharía que no les había causado temor a aquellos pícaros del callejón, para contarles los cuentos que había aprendido de Ana María de los Remedios; les despertaría la imaginación y el gusto por la Literatura y, quién sabe, a lo mejor sembraría las semillas de la creatividad en alguno de ellos, que pudiera llegar a ser el heredero de Juan Rulfo, Julio Cortázar, Salvador Elizondo o de Juan José Arreola.

—¡Ey, niños, vengan… vengan! —El entusiasmo con que los llamé produjo el milagro y los niños se acercaron a mí sin pensarlo mucho, dejando al abandono la pelota de futbol—. ¿Quieren escuchar un cuento?

—¡Sí! —gritaron con alegría desaforada.

—Bien, bien, siéntense todos alrededor mío —les indicó— pero les voy a pedir que, si les gustan mis cuentos, dejen en mi sombrero una limosnita, lo que puedan… un pesito, dos, lo que puedan… ¿Juega?...

—¡Sale ¡—exclamaron los niños —¡pero ya empiece!

—Érase una vez, en un lugar de Jalisco de cuyo nombre no quiero acordarme…

Y empezó el sueño a transfigurarse hasta hacerse corpóreo. Fue el tiempo memorable en que lo conocí: el anciano vagabundo narraba con verdadera maestría los cuentos que muchos años antes había escuchado en labios de Ana María del Refugio. Las frases, entonces, eran entonadas con el matiz adecuado; la palabra, la justa para decir lo que se quería expresar; las pausas, aplicadas en el momento necesario; los sonidos, verdaderas obras de arte, como las de los mejores hacedores de efectos especiales; y las emociones y los gestos todos subrayaban maravillosamente a la voz armoniosa del viejito cuentacuentos.

Poco a poco, de boca en boca, la noticia de que un pordiosero contaba admirablemente cuentos para niños de todas las edades se fue esparciendo por todo el barrio de San Felipe: docenas de chiquillos rodeábamos al vagabundo aquel, que se sentaba en la banqueta del Callejón del Ratón y recargaba su espalda encorvada en la pared de mi casa, para escuchar embelesados los relatos de grandes artistas, estupendamente descritos por el mendigo de barba larga y trenzas de rastafari, a cambio de unos pesitos echados en el sombrero que dejaba a propósito, a un costado de su cuerpo endeble.

Hasta las señoras y sus hombres iban a deleitarse con esos cuentos asombrosos, capaces de transportar a la gente a los sitios y tiempos donde se desarrollaban las historias fantásticas. Y también cooperaban gustosos multiplicando las ganancias del narrador extraordinario en que se había convertido el anciano indigente, cuyos ingresos cotidianos eran superiores a los de cualquier obrero no calificado.

Vecinos de otras colonias supieron del prodigio y todas las tardes apacibles se dejaban ir al Callejón del Ratón, a escuchar de viva voz al maestro del relato. Nunca se le había visto más feliz que durante esos días gloriosos: el brillo de sus ojos podía solo compararse con los de un recién casado, y hasta el cutis de su rostro se tornó suave como mejilla de princesa. Recuerdo que hasta la cobija se convirtió en una capa de caballero andante o de luchador profesional, y que portaba con majestuosidad inigualable, mientras movía, al caminar, sus trenzas limpias de rastafari iluminado.

Pero el círculo vital sigue irremediablemente sus leyes intrínsecas. El declive se vino cuando el viejito comenzó a mezclar los cuentos, producto de sus cada vez más frecuentes lagunas mentales, donde la Caperucita era destrozada por licántropos sanguinarios, o el escarabajo de oro era fundido por alquimistas de la época del Mago Merlín, y el Patito Feo acababa volando en las selvas peligrosas de Horacio Quiroga, y cazado a manos de contrabandistas piratas de los mares muertos.

Y luego estaban los espectáculos desagradables de sus ataques nerviosos, que le retornaron a la par de sus mezcolanzas y olvidos involuntarios; a veces, en medio de algún cuento, caía al suelo donde se revolcaba de dolor y echaba gritos desaforados y espumarajos repulsivos, mientras se convulsionaba horriblemente y nos espantaba con sus muecas terribles y sus contorciones epilépticas, hasta perder la cobija andrajosa, la conciencia extraviada y hasta a sus oyentes más pequeños.

La de malas llegó en definitiva una tarde gris, helada como la muerte, cuando comenzó a relatar con detalles precisos un cuento del Marqués de Sade. Los padres de familia, que antes lo habían admirado por sus cuentos sin malicia, se indignaron a tal punto que quisieron desterrarlo al momento de su barrio pacífico y devoto, de costumbres sanas, y libre de libertinajes.

—¡Fuera! ¡Fuera! —le gritaban furibundos— ¡No queremos que perviertas a nuestros hijos!

Pero el vagabundo seguía con su narración erótica, sin escuchar los gritos de las madres sublevadas y los padres coléricos, algunos de las cuales se llevaron a rastras a sus pequeños, para evitarles el escándalo. La voz extraordinaria del cuentacuentos fue, entonces, callada con piedras de todos los tamaños, arrojadas por los hombres y mujeres que se rompían las ropas como sacerdotes escamados, y hasta por los mismos niños, que los imitaban en todo.

En la trifulca, el cuaderno sucio y maltratado que le sirvió de confidente se le cayó de entre sus ropas harapientas, quizá por obra del destino, hasta donde yo me encontraba, llorando su desgracia, sufriendo porque nada podía hacer para defenderlo: yo era todavía un chiquillo. Las convulsiones le llegaron de repente a su cuerpo lacerado, que cayó al suelo con estrépito, pero la gente iracunda, aun en esas condiciones deplorables, siguió lapidándolo con saña; entonces, de la boca del viejito cuentacuentos solo atinaban a salir quejidos, gemidos dolorosos que poco a poco se fueron apagando...

Pero sus narraciones quedaron resonando en la memoria de todos los niños que lo llegamos a escuchar y, para que nunca nos olvidáramos del viejito cuentacuentos del Callejón del Ratón, quise transcribir algunos de sus apuntes y, a manera de homenaje, relatar su historia.

ACERCA DEL AUTOR

Nace en Lagos de Moreno, Jalisco, en el año de 1960. Ingeniero Químico de profesión, pero "aficionado" de corazón a la escritura recreativa del Cuento.

Su obra ha sido premiada en los tradicionales y ya centenarios Juegos Florales de Lagos de Moreno con un Primer Lugar, en el año 2009, y con dos Menciones Honoríficas, en 2003 y 2018.

En el año 2010 le otorgaron, además, el Segundo Lugar en el Certamen "Pasión por mi ciudad", convocado por el CULagos y cuya premiación se llevó a cabo en el marco de la FIL de Guadalajara de ese mismo año.

Su cuento "¡Concedido! (La historia aciaga de Juan Jacinto el Nahual y Martina la Loca)" ha sido publicado por haber quedado entre los finalistas del Premio Ariadna de Cuento 2019.